講談社文庫

長門守の陰謀

藤沢周平

講談社

目次

夢ぞ見し　6
春の雪　46
夕べの光　95
遠い少女　139
長門守の陰謀　180
「あとがき」にかえて　216
年譜　219
解説　湯川豊　237

長門守の陰謀

夢ぞ見し

一

日暮れになり、そろそろあたりがうす暗くなると、昌江は気持がいら立ってくる。

——また、今夜もおそくなるらしい。

それならそうと、朝出かけるときにひとことことわっていけばいいのだ、と思う。夫の甚兵衛のことである。

こういうことが、このところずっと続いている。二日に一度くる通いの婆さん女中がいるだけで、子供もいない夫婦二人だけの家だから、亭主の下城がおそいからといって、子供にかこつけて飯にしてしまうわけにもいかない。仕方なく待っていると、五ツ（午後八時）ごろになってぼんやりした顔で帰ってきて、「飯はいらん」と、ぼそりと言う。

さんざん待たされたあとでは、その煮えたか煮えないかわからないような、発音不明瞭な声を聞いただけで、昌江は頭にカッと血がのぼる。

「今日は遅うございますか。それとも普通でございますか」

たまりかねてそう聞くことがあるが、そう聞かれると、甚兵衛はまるで天下の大事にかかわる相談を持ちかけられたとでもいうふうに、「さて」と言ったきり、腕を組み、深刻な表情で土間にモジモジと立っている。

じっさい、助け舟を出さなければ、いつまでも立っているのだ。その決断の鈍さには、あきれるほかはない。自分を嫁にもらうときに、よくふんぎりがついたものだと怪しむほどである。

「ようございます。普通にお帰りなさるつもりで支度しておきますから」

しびれが切れて、昌江がそう言うと、甚兵衛は救われたように家を出て行く。勤めだけは休みもせずまめな男である。だが、少しまめ過ぎはしないかと、昌江は思うのだ。

御槍《おやり》組に勤めて、二十五石である。御槍組勤めなどというと、一応の聞こえはいいが、仕事は武器倉の番人のようなことで、時どき手下の足軽に槍や鉄砲を手入れさせ、自分も一緒になって槍を磨いたりしているらしい。

——ご自分の御槍はすっかりさびついているくせに。

昌江はついはしたないことを考えてしまう。それというのも甚兵衛は、帰宅が遅くなったここ二月《ふたつき》ばかり、昌江の身体に触りもしていないのだ。遅く帰り、帰るとなぜかぐったり疲れていて、寝室に入っても、ころがったかと思うともういびきをかいている。

それも頭にくる。喰いものは冷たくなってもあたため直すというてがあるが、いびきをかいている亭主ばかりはどうしようもない。

——それにしても、なんでこんなに帰りがおそいのだろ。

と昌江は訝《いぶか》しくてならない。

隣の宮部家の主人は、普請《ふしん》組勤めで禄高《ろくだか》は七十五石。三倍もの俸禄《ほうろく》を頂いているが、下城の時刻になると、間もなくして測ったようにきちんと帰ってくる。歩きながら空咳をするのが癖で、家の前をえへん、えへんと聞き馴れた咳ばらいが通るからすぐにわかる。

そしてじきに白地の浴衣《ゆかた》に着がえて庭に降りると、涼しげに植木に水をやっている。ゆとりがある。夫のように、眼をくぼませて帰ってきて、溜息をついたりはしていない。

時には、水をやっている宮部のそばに、昌江より二つ三つ年若らしい静尾という名の妻女がつきそって、濡《ぬ》れないように袖をつまんでやったりしている。琴瑟相和《きんしつあいわ》している様子がうかがわれて、昌江はうらやましくなる。

隣の風流をまねて植木に水をやれというつもりはない。だが、たまには早く帰ってきて、尻はしょりして庭の草でも抜いたらどうかと思うのだ。

——そんなに働いて、まあ……。

それでたったの二十五石と思うと、昌江は時どきばからしくなる。なぜそんなに毎晩遅いのか、と昌江は一度だけ聞いたことがある。だが甚兵衛は、「いそがしい」とのっそり答えただけだった。

それでは答になっていないから、なぜいそがしいのか、ともう一歩つめ寄りたかったが、やめにした。夫の口から満足のいく答を引き出すまでに、またいらいらと肝《きも》を煎《い》らなければならないことは、眼に見えていたからである。

——この家に嫁入ったのは間違いだったか。

昌江は時どきそう思う。そう思うようになったのは、どうやら子供がさずかることはないらしいとあきらめた三年前ごろからである。昌江は十八で嫁入り、いまは二十八である。二十半《はたち》ばまでは、まだ子が生まれるかも知れないという楽しみがあった。だが半ばをすぎると、静かにあきらめがきた。同時に連れ合いのアラも見えてきたのである。

もともと気乗りした縁談ではなかった。二十五石という小禄が気にいらなかったわけではない。大体が四万石にちょっと毛がはえた程度の小藩のことで、昌江の家でも六十石しか頂いていない。貧乏世帯のやりくりには自信があった。

問題は人物である。嫁入る前に、昌江は一度だけ甚兵衛を見ている。

「あれが小寺甚兵衛だ」

と兄が言った。

町で、年に一度の盆踊りがあった夜である。盆踊りは、近在からも人が集まり、何段にもわかれた踊り子が昼すぎから唄《うた》、鳴物のはやしにつれて踊りはじめ、夜を徹して町の隅から隅まで踊りまくる。そして次の日の明け方に終る。

昌江は兄に連れられて踊りを見に行った。そして大通りを埋めた人混みの中で、そっと甚兵衛をのぞき見たのである。

感心しなかった。かけならべた燈火の明かりの中で、甚兵衛は口をあけて踊りを見ていた。昌江たちには気づいていなかった。あんぐり口をあけているのは、ま、踊りに見とれてわれを忘れているとして許せる。

そこは眼をつぶるとしても、全体に印象がぱっとしなかった。背が低く、肩幅だけあった。蟹《かに》のような印象である。昌江は丈《たけ》があって、姿がよいと人にほめられるほどだから、並べばひょっとしたら昌江の方が高いかも知れないと思うほどだった。

眼は細く、鼻は鼻翼《びよく》が少し張りすぎている。口は、さっきから開きっぱなしだからわからないが、そうしまりがあるとは思えなかった。まとめて言えば、ぼんやりした顔つきの、むくつけきおのこといった感じの男だった。取柄は肩幅が張り、胸も厚く、丈夫そうだといったところだろう。

正直、昌江は気落ちしていた。縁談があるといえば、やはり女は胸がときめく。相手はどんな方かと思う。その想像の中で、思いきり大胆に白皙《はくせき》長身といった相手を思い描いたりする。嫁入ってみてそれほどでもなかったと思っても、鼻は思ったほど高くないが、口もとのしまりがいい、などと、想像と異なったところをすばやく補い、しばらくすると、あまり美男子でない方が、女子にもてはやされる心配がなくてよいなどと思うようになるのだ。

だが甚兵衛は、顔と言い姿と言い、ひっくるめて想像を一段下回った形で、どこをとっても補いようのない感じだった。人がすすめてくれる以上、昌江はもうちょっとましな人物を思い描いていたのである。昌江自身は、自分でも多少容貌に自信があったし、人にも美しいと言われている。自分に釣合うほどの相手を考えたとしても、昌江の罪ではない。

家へ帰って、昌江は正直にそう言った。ところが兄の新之助が、意外に強硬だったのである。

「男は顔や姿じゃないぞ」

小寺はああ見えて、見どころのある男なのだと、新之助は力説した。見どころとやらが、あの丈夫そうな身体のほかにもあるような口ぶりだった。美男子の新之助が言うことだけに説得力があって、昌江は間もなくその縁談を承知したのである。

だが十年連れ添って、夫のどこかに見どころがあったとは思えなかった。風采《ふうさい》の映《は》えないのは承知できたから仕方がないが、ものを喋《しゃべ》らないのには手こずる。暗闇の牛のようにのっそりしている。男がぺらぺらと口達者なのは感心しない、と昌江も思うものの、甚兵衛の口の重さは行き過ぎている。

しみじみとした夫婦の語らいなどということはしたことがない。家の中の用を足すのが精一杯である。それでは昌江を嫌っているのかと思うと、そうでもないらしく、家にいるときは大てい昌江のそばにへばりついている。物も喋らないのが、のっそりとそばにいるだけなのは暑くるしい限りである。

微禄《びろく》の家だから、暮らしは貧しかろうとは思ったが、来てみてほんとうに何もないのにもあきれた。

甚兵衛の家は、両親が分家して建てた家で、その両親ともに、甚兵衛が子供のころ、相ついで世を去ったので、甚兵衛自身は、引きとられて元服《げんぷく》まで本家にいたのである。その間、家は人に貸してあったという。

そのせいか、家財道具とおぼしきものがまるでない家だった。がらんとした家に、垢《あか》じみた着物を着た甚兵衛ひとりがいたのには仰天する思いだった。昌江はとりあえず、甚兵衛のために肌着から上に着る物ひととおりを買い、皿、小鉢から鍋《なべ》の類までそろえた。そして夜具をととのえ、長持まで買うと持参金がなくなった。

こんなに何もないひとも珍しい、とそのとき思ったものだが、いまになってみると子種までなかったわけである。子供が生まれないのは甚兵衛の方に原因があると、昌江はかたくなにそう思っている。

そう思うのには根拠がある。昌江の妹は、三年も遅れて嫁入ったのに、すでに三人の子持ちである。まだ一人や二人生みそうな勢いである。一番上の姉は四人の子がいる。次姉は身体が弱い弱いといいながら、それでも二人の子持ちである。身体も人いちばい丈夫な自分だけ子がないのは、夫のせいだとしか思えない。

あきらめてはいるものの、昌江は時どき姉妹がうらやましくなる。何が見どころかと、むかしの兄の無責任な言葉をうらんだりする。甚兵衛の見どころといえば、休みもせずに城に上がることだけである。それも毎日五ツまで居残りして、二十五石の俸禄を守るのに汲《きゆう》汲《きゆう》としている始末である。勤めを大事にするのは結構なことだが、夫の場合は結構を通りこしている。

帰って来ない夫のことをあれこれと考えているうちに、昌江はいつもこうしてだんだんに腹が立ってくるのだ。

二

そのとき土間の方に、物音がして、人が入ってきた様子だった。

——おや、今日は早かったこと。

昌江は顔をあげ、現金にいそいそと立ち上がった。夫が帰ってきたようだった。日が落ちたばかりで、いつもよりは一刻《いっとき》（二時間）もはやい。

いくら口の重い亭主でも、食事をするときは一人より二人の方がいいのだ。床に入ればいびきをかくしか能のない夫でも、一人寝をするよりは、そばにいる方がいい。

行燈《あんどん》をさげて昌江は上がり框《かまち》に出た。

お帰り、と言おうとして、昌江は息を呑んだ。とび上がるほどびっくりしていた。

土間に見たこともない男が立っている。

「やあ」

その男は、昌江をみると快活に声をかけた。長身にして白皙、涼しい眼をした若い武士だった。背負い袋を斜に肩に結び、手甲《てっこう》、草鞋《わらじ》がけ。手に編笠《あみがさ》をさげている。旅をしていま着いたという姿だった。

やあ、と言われたが、昌江には見覚えのない人相だった。胸の動悸《どうき》がまだおさまらない。

「あの、どちらさまで？」

昌江は膝《ひざ》をついてようやく言った。

「ここは小寺甚兵衛の家かな」

「さようでございます」

「溝江《みぞえ》啓四郎と申す。主人から、何か聞いておらんかの？」

昌江はうつむいて考えた。そしてすぐにはっと顔をあげた。

「まあ、溝江さま。はい、うかがっております」

「厄介になる」

「どうぞ。ただいまおすすぎをさしあげます」

昌江は大急ぎで台所に行ってたらいに水を汲《く》み、客に持って行くと、手さぐりで茶の間に入り、散らかしている縫物を片寄せた。

溝江啓四郎という名前を、甚兵衛から聞いたのはひと月ほど前である。そういう名の男が、家を訪ねてくるかも知れないと、例によって考え考え甚兵衛が言ったのだ。溝江は、甚兵衛が五年前、江戸詰で出府《しゅっぷ》したときに世話になった上役の息子で、その上役というのは定府《じょうふ》の藩士なので、一度息子を国元に遊びにやりたいと言ってきたのだった。だから、その息子がきたら、しばらく家において、世話しなければならない。

それだけの事情を説明するのに、甚兵衛は四半刻もかかり、聞く方の昌江も大汗をかいた記憶がある。その人物が、前ぶれもなく突然にやってきたのだった。

昌江は、とりあえず啓四郎という若者を茶の間にみちびき、お茶をすすめた。

「小寺は、まだ城からさがっておりませんが、間もなく戻ると存じます」

「ああ、構わん。後で会う」

おや、と思わず昌江は男の顔を見た。ひとの家にきて、なんという口のきき方でしよ、と思ったのである。

だが男は昌江に顔を見られても、にこにこ笑い返しているだけである。自分の物言いが横柄《おうへい》だなどとは、夢にも思わない様子である。そして、その言い方がさっぱりしていて、厭味《いやみ》に聞こえないのは、男がふだんそういう口をきき馴れているからかも知れなかった。溝江という家は、よほど高禄なのかも知れない。

「いい住まいではないか」

啓四郎は茶をすすりながら、もの珍しげに部屋の中を見回した。

「狭くて、おはずかしゅうございます」

「なに、家などというものは、喰って寝るところさえあれば足りる。そんなに広くはいらないものさ」

まだ二十三、四。若い男だが、年上の昌江に気をつかうふうもなく、さばけたような口をきいた。歯切れがいい江戸弁だった。

「あの、溝江さまは国元はおはじめてでございますか」

「さよう。はじめてだ。当分厄介になってあちこち見てまわるつもりだ。よろしく頼む」

啓四郎はそう言ったが、部屋を見回していた眼が、隅に置いてある膳《ぜん》にとまると、じっと動かなくなった。さっき自分のは台所にかくしたが、甚兵衛の膳は運ぶひまがなくて、ふきんをかけてそこに置いてある。

「おかみ。それは甚兵衛の喰い物かの」

「さようでございます」

と言ったが、昌江は少しむっとした。さっきから窺《うかが》っていると、まるっきり礼儀を知らないようでもないのに、やはり口のきき方に欠陥がある男だった。

おかみとは何ごとか。お茶をのむと今度は喰いものに眼をつけたようだが、ここは茶屋ではない。いくら小禄の家でも、これから世話になるつもりなら、ご新造《しんぞう》ぐらいは言ってもらいたい、と昌江は面白くない。それにいくら見ばえのしない亭主でも、甚兵衛と呼び捨てにされてはかわいそうではないか。

——親のしつけが悪い。

と昌江は思った。その証拠に、さっきから心待ちにしているのだが、江戸からきたというのにこの男は、どうやら手みやげひとつ持参した様子もないのだ。

しばらく逗留《とうりゆう》するつもりなら、その間に少しこの若者に口のきき方を教えてやってもいいと昌江は思った。

昌江の表情に、やや険悪ないろがあらわれたはずだが、男はいっこうに気づかないらしかった。どことなく女の母性愛をくすぐってくるような、邪気《じやき》のない笑いをうかべて言った。

「じつはさっきから、腹が空いてかなわん。甚兵衛のそれを馳走になっては悪いか」

「おや、心づかないことをいたしました。それではただいまお食事を」

おやま、なんて厚かましいと思いながら、昌江は台所に立った。男のために、新しく膳をととのえながら、しかし昌江は自分があまり怒っていないのを感じた。男が口のきき方をわきまえていないのは確かだが、そこをのぞけば人柄はしごくいい人物のようだった。明るくからっとして、思ったことをそのまま口に出している。どことなくにくめない若者だった。

膳を出すと、男はきちんと坐り直して行儀よく食べた。その間、口をきかなかった。喰い終ると、昌江に丁寧に一礼して、いい味でござったと言った。ありあわせのものを出したので、そう言われてこちらが赤くなったぐらいである。

——このへんはしつけがとどいていること。

昌江は奇異な感じをうけていた。

「さてと……」

飯を喰い終ると、啓四郎は昌江がせっかく感心したのをぶちこわすような、大あくびをして言った。

「腹がくちくなると、とたんに眠くなるものだな。ひと眠りさせてもらうぞ。甚兵衛が帰ったら起こしてくれ」

「それならお部屋に床をのべます。ちょっとお待ちなさいまし」

無造作に畳に横になりかける啓四郎を、あわててとめて、昌江は支度に立った。

甚兵衛が帰ってきたのは、啓四郎が寝て、半刻（一時間）ほど過ぎたころだった。相変らず疲労困憊《こんぱい》したという顔色で、元気なく家に入ってきた。

「お食事は？」

「いらん」

「食べないと、身体に毒でございますよ」

昌江が言ったが、甚兵衛はむっつりした顔で坐り、もの言うのは損だというように、手まねでお茶をくれという恰好をした。

むかしはそういうときいちいち腹を立て、口はございませんのですか、などと言ったものだが、近ごろはそんな気力もない。昌江は黙って茶をついで出した。そして、例の方が見えましたよ、と言った。

「悪い方ではなさそうですけど、少し変なひと。いばった口をきいて」

「……？」

ふうふう言って茶をすすっていた甚兵衛が、怪訝《けげん》そうに昌江を見た。

「ほら、前におっしゃった方ですよ。溝江さま」

「なぜに、それを早く言わんか」

珍しく、途中どもりもせず甚兵衛はそう言った。昌江の方がびっくりして口を噤《つぐ》んだ。

「で、どこにおられる？」

「奥で寝ていらっしゃいますよ。甚兵衛がきたら起こしてくれって。お前さまを呼び捨てにして寝てるのですよ」

だが甚兵衛は昌江のからんだような言い方にはとり合わなかった。黙って立ち上がると奥座敷に立って行った。

味気なく、昌江は一人でおそい食事をした。奥座敷から、二人の話し声が洩《も》れてくる。何を話しているかはわからなかったが、長い話だった。そして長話が続いているということは、甚兵衛もしかるべく口をきいているということになる。

固い干魚を噛《か》みながら、昌江はだんだんに夕方の腹立ちが戻ってくるのを感じた。あのだんまりの亭主が、他人の前では一応の話が出来るらしいことが気にいらなかったのである。

三

昌江は茶の間で縫物をしている。同じ部屋で、縁側に近い畳の上に、啓四郎が行儀わるく腹ばって、熱心に読本《よみほん》をめくっている。

夏も一番暑いところはすぎて、七ツ（午後四時）近くになると、風がいくぶん涼しくなる。軒から吊るした日よけの簾《すだれ》が、時どき風に揺れる。そのたびに、庭を照らしている日光が、刺すように眼に飛びこんでくる。日射しだけは、まだ夏が過ぎたわけではないというように、猛《たけ》だけしかった。

昌江は時どき眼をあげて、啓四郎を見る。そして何となく微笑がこみあげてくるのをそっと押さえる。

だんまり亭主にそばにいられると、それだけで暑くるしい感じになるが、おなじに黙っていても、啓四郎のことはあまり気にならない。それどころか、心の中に、少し浮ついた楽しげな気分が動く。亭主には悪いが、姿、形に歴然と差があるのだからいたしかたない。やはり美男子といる方が女は心楽しいのだ。さまざまの夢が見えてくる。甚兵衛といても、夢など見えはしない。

昌江は必ずしも面喰いではないつもりだった。兄の新之助が、若いころに近所の娘からつけ文されたほどの美貌で、美男子は見なれている。そして兄の友達にも、男ぶりのいい人間はいた。だがそういう男は、どこか軽薄なところや気どったところがあった。しっかりしているようにみえる兄にさえ、その傾きがまったくないとは言えなかった。

そういうことを見てきている。だから見ばえのしない甚兵衛との縁談も、しまいにはあっさり承知したのである。

だが啓四郎を見ていると、どうも美男子というものに偏見を抱いていたと思わないわけにはいかない。

啓四郎がきてから、半月ほど経っている。その間、国元を見物にきたという啓四郎は、あちこち出歩いているようだった。昼出かけるときは必ず編笠をかぶり、また夜になってから不意に出かけ、どこで落ち合うのか、帰りが夫の甚兵衛と一緒だったりして、昌江は妙だなと思うことがあるが、ともかくそうして気ままに城下を回っているらしかった。

そうしている間に昌江にわかったことは、啓四郎という若者が、まったく飾らない性格の人間だということだった。厄介になっている家で平気で朝寝をし、外に出かけないときは、亭主が留守だというのに、昌江のそばにきてごろごろして悪びれる様子もない。ほとんど無邪気にそうしている。むろん美貌を鼻にかける気配などまったくなく、いつも男らしくさっぱりした口をきいた。

だんだんに、弟が一人出来たような気が、昌江はしている。相変らず、おかみ、甚兵衛だが、昌江は、そんなことはもうどうでもよくなっていた。

「江戸にいたとき、小寺が大そうお世話になったらしゅうございますね」

と、昌江は縫物をつづけながら言った。啓四郎は、ん？　と言って読本から顔をあげ、起きあがるとあぐらをかいた。

「いや、わしが甚兵衛から剣術を習ったのだ」

「剣術？」

「甚兵衛は無住心剣流《むじゅうしんけん》の達人だからな」

「………」

「ん？　おかみはそのことを聞いておらんのか」

啓四郎は面白そうに昌江を見た。初耳だった。仲人《なこうど》は甚兵衛の縁者だという、郡奉《こおり》行下役の平沼というひとだったが、その仲人にも、兄の新之助にも、そういうことは聞いていない。

すると、兄が言った見どころとやらが、ひとつはあったわけだと思った。

「おそらく、甚兵衛は藩中で一、二を争う剣客だぞ」

「おや、さようでございますか」

しかしそれは、御槍組二十五石という身分に、なにかの足しになるようなものではあるまい。ああして、相変らずせっせと居残り勤めをしているところをみればわかる。びっくりはしたが、昌江はその話にそれほど興味をひかれなかった。

それよりは、もっと興味を持っていることがある。

「溝江さまは、まだおひとりでございましょ？」

「ご新造さまは、おもらいになっていらっしゃらないのでしょ？」

「ひとり？」

「ははあ」

啓四郎はにこにこ笑った。

「嫁か」

「そうですよ。それとも、もう江戸におられますか」

「そんなものは、まだおらんよ」

「でも、決まった方があるのではございません？」

「許嫁《いいなずけ》のことか」

「ええ」

「おらん、おらん。これからさがすところだ」

「それでは、国元でさがしていかれたらいかがですか」

「おかみのような美人がいればな」

昌江はどきりとした。だが啓四郎はにこにこ笑っているだけだった。昌江は安心したが、少し物足りない気もした。もっと何か言うかとうつむいたまま耳を澄ませたが、啓四郎はそれだけで、縁側に立って行って、大きなあくびをした。一日ごろごろしていて、さすがに倦《あ》きたらしかった。

昌江はこぶしで肩を打った。縫物に少し根をつめすぎたようで、軽い肩の凝《こ》りをおぼえていた。そろそろ夜食の支度をしなければならない。

「肩が凝ったか」

啓四郎が言って、部屋にもどってきた。

「少し揉《も》んでやろう」

「あら、よござんすよ。もったいない」

昌江はあわてて言った。じっさいうろたえていた。だが、そのときには、啓四郎はもうしろに回って昌江の肩をつかんでいた。

「何もせんで喰わせてもらっているのも、少少気がひけるからな」

啓四郎に肩を揉んでもらいながら、昌江はふと不倫という言葉を思った。その言葉には、身体が奥底からふるえてくるような怖さと甘美な感じがひそんでいた。

昌江は思わずうっとりと眼をつぶったが、すぐにわれに返った。こんなところを夫に見られたりしたら、たちまち離縁になる。

「はい、ありがとう。そろそろ食事の支度がありますから、もう結構ですよ」

「そうか。少しはきいたか」

「はい。大そうお上手ですこと」

昌江はそう言ったが、本当のところは啓四郎のあんまは、荒っぽいばかりでまるできき目がなかったのである。

上手と言われて啓四郎は気をよくしたようだった。快活になった。

「凝ったときは、遠慮なく言ってくれ。また揉んでやるぞ」

四

「それがあなた、ほんとうにすてきな方なのですよ」

昌江は客の溝江啓四郎が、どんなに男らしく、美貌の若者であるかを、力をこめて喋った。聞いているのは、友だちの淑乃《よしの》である。

淑乃は、二人がまだ娘だったころ、一緒にお針と手習いの稽古所に通った仲である。それぞれに人の妻になってからは、娘のときのようには会うこともなくなったが、それでも三月《みつき》に一度ぐらいは、どちらかが相手の家を訪ねてお喋りする。

「あなたの兄さまと、どちらですか」

淑乃はおっとりと言った。淑乃は二人の子持ちで、いまは娘のころの面影もないほど肥っているが、むかし、ひそかに兄の新之助に思いをよせていたのを昌江は知っている。

「兄なんかはだめ。もう腹が出ていますもの」

「いまはそうでしょうけど、むかしは新之助さまはほんとうに美男子でいらしたから」

「そうねえ……」

昌江は心の中で啓四郎と、若いころの兄をくらべてみる。やはり啓四郎に軍配をあげたくなる。

「溝江さまの方が上ですよ。同じ美男でも、兄には少し女女《めめ》しいところがありましたでしょ？　溝江さまはもっときりっとした方ですもの」

「その方、ずっとお家にいらっしゃるの？」

淑乃は少しうらやましそうに言った。昌江は得意だった。

「ええ、当分」

「それで、旦那さまがお留守の間は？」

「ええ、二人でいるのよ。仕方ありませんもの」

「お食事なんかもご一緒？」

「そうですよ。だってそれほど気を遣うお客さまでもないし」

淑乃は口を噤《つぐ》んで、羨望にたえないという顔をした。淑乃の夫は八十石取りだが、容姿ということになると、小寺甚兵衛と兄たりがたく弟たりがたいのだ。二人がいまだに気が合って、時どき訪ねあってお喋りするのは、そういう事情もあった。娘のころにいろいろと、やがて縁づく相手について喋りあった内容にくらべて、事実は二人とも、考えていたような配偶者に恵まれなかったという不満が二人を結びつけている。

会ってお互いに、それぞれの連れ合いの悪口を言うのを、二人は無上の楽しみにしている。それで気が晴れ、連れ合いに対する不満をいっとき忘れるという効果はあった。

「あなた……」

淑乃は少し膝を乗り出して、声をひそめた。眼が光っている。

「それで、だいじょうぶ？」

「なにが？」

わかっているが、昌江はわざととぼけた。

淑乃にもっと言ってもらいたい。

「だって、いつもお二人きりなんでしょ？　その方と」

「まあ、淑乃さんたら。いやですよ」

昌江は娘の昔にかえったように、蓮《はす》っ葉《ぱ》な笑い声をあげた。

「それが、そんな心配はなんにもないひとなの」

「……？」

「坊やなのよ、まだ」

「まあ」

「まだなんにもご存じないみたいよ」

そうお、と淑乃は言った。ふたりは海千山千の年増の顔になって、うなずき合った。昌江はよっぽど、この間、啓四郎に肩を揉んでもらったことを言おうかと思ったが、我慢した。淑乃はきっとうらやましがるだろうが、うらやましがるばかりでなく、人に言う心配がある。口止めしたってだめなのだ。昌江だってそう聞けば言う。

「近いうち、お家におじゃましていいかしら」

少し顔を赤らめて、淑乃が言った。啓四郎を見に来たいというのだ。二人の子持ちで、樽《たる》のように肥った淑乃が、である。少し啓四郎を吹聴《ふいちょう》しすぎたかという気がした。だが、若い娘では困るが、淑乃なら引きあわせても、何の心配もない。いらっしゃいな、と昌江は言った。そして不意に、大胆なことを言ってみたくなった。

「いらっしゃいよ。私があの方と、手に手をとって駆け落ちしたりしないうちに」

「まあ」

淑乃は眼をみはった。

「うそ、うそ」

昌江は自分の言葉に赤くなって、あわてて打消した。だが胸がとどろいていた。駆け落ちというのは、強烈で甘美な想像だった。一瞬だが、暗い夜の道を、啓四郎と文字どおり手に手をとって逃げる自分の姿が、胸を駆け抜けたようである。

「そんなことが出来るもんですか。三十に手がとどこうというおばあちゃんが。第一あの方が相手にするはずがありませんよ」

言っているうちに、昌江は急に正気づいたように、それがほんとうなのだと思った。啓四郎に肩を揉んでもらったりして浮き浮きし、友だちの家にまできて、美男の若い客のことを喋っているが、若い娘なら、啓四郎は肩など揉まないのだ。じき三十に手がとどこうという女が、いたわられているにすぎなかろう。

はしゃぎ過ぎた反動で、わびしさが来た。いっとき浅はかな夢を描きみたにすぎない。そしていまに、夢もみなくなるのだ。

「この年になったら、おしまいですよ」

と昌江は言った。

「不満があってもじっとこらえて、甲斐性もない旦那について行くしかないのね。わびしいこと」

「でもあなたの旦那さまは、お固くていらっしゃるからいいのよ。うちのように、茶屋遊びをされてごらんなさい。もう、ほんとに腹が立って」

「まだやめていませんの?」

「やめるもんですか、あなた。あの顔で、よく恥ずかしげもなく茶屋通いが出来ると思って」

「お酒が好きなんですよね、あなたの旦那さまは」

「そうなの。そこへいくと、小寺さまはほんとにまじめ。あなたなんか、言うことがないでしょ？」

「それが、まじめも行きすぎると困りものよ。まあ、聞いてちょうだい」

二人はしばらく夢中になって、亭主の悪口を言いあった。

一段落したところで、淑乃が言った。

「木塚さまがお腹を召されたというお話、聞きました？」

「あら」

昌江はびっくりして淑乃を見た。木塚忠左衛門は五百石の家老である。

「どうしたのかしら？」

「橋田に聞いたことですけど……」

淑乃は自分の夫の名を言い、声をひそめた。

「お殿さまが、二年前からご病気で臥せっておいででしょ。それで上《うえ》つ方《かた》のほうで、ご家督《かとく》のことで争いがあるらしいのね」

「まあ、少しも知らなかった」

「ゆうべ、お腹を召されたそうよ」

「残された方がおかわいそう」

と昌江は言った。そういうことで、腹を切るひともいる。夫の帰りが遅いぐらいで、不満は言えないかも知れない、と思っていた。

「上には上のご苦労があるのね。貧しくとも、下の方が気楽かしら」

昌江がそう言うと、淑乃もそうね、と言った。二人とも、亭主の悪口を言い過ぎたという顔になっていた。

日が暮れる気配に驚いて、昌江は淑乃の家を出た。淑乃の家と曲師町《まげしちょう》の昌江の家とはかなり離れている。甚兵衛は、今夜も遅いに違いないから心配しないが、留守番をしている啓四郎のことが気になった。それでしまいには汗ばむほど道をいそいだが、家についたときには、日はとっぷりと暮れていた。

家の中が暗い。啓四郎は、しびれをきらしてどこかに出かけたらしいと思ったとき、戸の前に人影が動いた。若い女だった。頭巾《ずきん》をかぶっていたが、匂いで若い娘だとわかった。昌江も娘のころ、身につけていた匂いだ。

「小寺さまのご新造さまですか」

娘は身を寄せてくると、そう囁《ささや》いた。

「はい」

「かぶりもののまま失礼いたします」

娘は懐から封書を出すと、昌江の手に握らせた。

「これを、溝江さまに」

そう言うと娘は身をひるがえして離れ、門を出て行った。あっという間の出来事だった。昌江は、渡された封書を握って、茫然《ぼうぜん》とあとを見送った。

――どういうことでしょ？

家に入って行燈《あんどん》に灯を入れてからも、昌江はしばらく考えつづけた。封書はあて書きもなく、差出人の名前もなかった。中身はかなり厚いもので、まさか艶書《えんしょ》とも思われなかったが、昌江はなんとなく裏切られたような気がしていた。

娘が何者かもわからず、手紙を置いて行った事情はさっぱりわからなかったが、啓四郎が、いつの間にかあんな娘と知り合っていたことだけは、はっきりしたわけだった。娘の澄んだ声音が耳に残っている。

――男は油断ならない。

と思った。そういえば、これまであまり気にもとめなかったが、啓四郎はたびたび夜に外出している。

茶屋遊びをしている様子はなかった。近くの水神町の盛り場では、夏の間、夜店を出したりしている。多分そのへんをぶらついてくるのだろうと、軽く考えていたのだが、こうなってみると、何をしていたかわかるものじゃないという気がした。

夫はだいじょうぶだろうか、と昌江はこれまで思いもしなかったことまで考えた。居残りだ、いそがしいと言っているが、まるまる信用していいものか。淑乃の夫の橋田など、甚兵衛とおっつかっつの風采だが、茶屋女にもてて淑乃は長年手を焼いているのだ。

昌江には、甚兵衛も啓四郎も、急にひどくうさんくさい人間に思われてきた。

五

夕方には戻ると言って出かけたのに、啓四郎は、暗くなっても帰らなかった。通いの婆さんが、風邪をひいたということわりがあって、昌江は買物に出なければならなかった。

昌江は日が高いうち買物に行くようなことはしない。長年貧乏所帯を切り回してきて、日暮れにすばやく目あての店を回る習慣が身についている。その時刻になると、肴《さかな》にしろ青物にしろ、多少値がさがっているのだ。

だが、しびれを切らして出た。いったい二人とも何をしているのだろうと、不信の気持がつのる。二人というのは啓四郎と甚兵衛の二人である。

啓四郎に封書を渡し、娘さんはどなたですかと聞いてみたが、啓四郎はにこにこ笑って知り合いの娘だ、などと言うばかりだった。あの無邪気そうな笑いは、もう信用出来ない。

甚兵衛には、改めてなぜそう毎晩遅いのかとただしてみた。酒を飲んでいる形跡はないし、第一あの夫が茶屋に上がって、手拍子打って唱っているとも思われないが、茶屋町の奥には遊廓もある。酒の香がしないからと言って、女遊びをしていないとは限らない。

そう思って問いつめたが、こちらはうんでもすんでもなかった。こっちが質問にくたびれて言葉を休めると、その間に敵はあくびをしている始末で、まったくらちがあかなかったのである。

こうなると、啓四郎の毎朝の寝坊もいい気持はせず、昌江は今朝は蒲団《ふとん》を引きはいでやったのだ。啓四郎は驚いてとび起きたが、毎晩夜歩きをするから、朝眠いのである。同情の余地はないのだ。これまでは、やあなどと言って、のっそり起きてくると、それから味噌汁をあたため直して飯を喰わせたが、これからはそういう甘い顔は見せない。

そう思いながら、昌江は肴と豆腐を買い、店をしめかけている青物屋にようやく間にあって、大根二本と葱《ねぎ》を買った。

少し肌寒かった。月が出ていて、その月がもう秋の色だった。啓四郎は、いったいいつまでいるつもりなのだろう、とふと思った。手紙の一件から、何となく気が立って、自分でも意地悪い気持になっているが、これで啓四郎が江戸に帰って、また無口な夫と二人きりになったら、さぞ淋しかろうという気もした。

家の近くまで帰ってきたとき、昌江は異様な物音を聞いた。物音の正体はすぐにわかった。ちょうど昌江の家の前で、斬り合いが行なわれている。数人の黒い人影が入り乱れて、刀をふるっていた。地を踏みならす足音と、打ち合う剣の音がひびいた。

物陰に身にひそめて、眼をこらした昌江は、思わず声をあげそうになった。斬り合っている男たちの中に啓四郎がいて、しかもどうやら啓四郎一人を四、五人の男たちが取りかこんでいる様子だった。

昌江は大根をとり落とした。胸の動悸が高まって息苦しいほどだった。啓四郎は塀を背にして刀を構えている。半円に取りかこんでいる黒い影の中から、一人がするすると前に出て、いきなり斬りかけた。啓四郎はその刀を強くはね返したようである。そのとき左右から別の二人が斬りこんで行くのが見え、昌江は思わず眼をつぶると地面にうずくまった。立っていられなかった。斬り合いをみるのははじめてだった。

そのとき、昌江の横を風のようなものが駆け抜けた。昌江は眼を開いた。そして今度は本当に声をあげた。蟹を連想させる幅のある肩は夫のものだった。

斬り合いは甚兵衛が加わると一変した。いきなり一人が倒れた。そして残った四人が、啓四郎を捨てて甚兵衛を取り囲んだ。甚兵衛は動かなかった。岩のように堅固に、そしていつもより背丈まで高く見えた。

一人が気合を発して斬りこんで行った。だが甚兵衛はわずかに身動きしただけだった。斬りこんで行った男が、突きとばされたように地面に転んだのが見えた。男が斬りこんだとき、男の刀とは比較にならない速さで、甚兵衛の剣が動いたのが、昌江からも見えた。倒れた男は動かなかった。

残った三人が一斉に斬りかけた。そのときはじめて甚兵衛の身体が、躍るように大きく動いた。きびきびと刀が月の光をはね返した。そしてまた一人が倒れ、もう一人がびっこをひきながら後にさがった。

急に無傷の一人と足に傷を負った男が逃げた。甚兵衛は追わないで、啓四郎に何か声をかけ、二人は門の中に入って行った。

昌江はやっと立ち上がったが、腰が妙に坐りが悪く、急いだら倒れそうで、そろそろと歩いた。大根は忘れずに拾いあげて持っていた。門の前までくると、甚兵衛が斃《たお》した死体が三つ、月に照らされて転がっていた。はげしく血の匂いがした。顔をそむけて、昌江は門を入った。

家の中に入ると、甚兵衛が無器用な手つきで、啓四郎の腕の傷を手当てしているところだった。それをみると、昌江は急に腰がしゃんとなって、いそいで部屋に駆けこむと、甚兵衛の手から布を奪って、傷の手当てをした。

「済まんな」

と啓四郎が言った。いつもと変りない顔色で、微笑している。その微笑《ほほえみ》をみると、昌江はなぜか胸がつまった。夫がいなかったら、泣き出したかも知れない、と思ったほどだった。

不意に門のあたりで人声がし、やがてどやどやと人が駆けこんできた物音がした。昌江は布を結びながら、おびえて夫を見た。甚兵衛は片膝を立て、刀を引きつけて入口の方を見ていた。昌江がこれまで見たこともない、こわい顔をしていた。

だが入ってきた人人を見ると、甚兵衛は静かに刀を畳にもどした。

「お。傷を負われたか」

「馬に乗るのに、さわりはないかな」

土間に入ってきた人たちは口口に言った。その中に兄の新之助がいるので、昌江は驚いたが、新之助は昌江の方を見ようともしなかった。眼が吊り上がったような顔をして、あたら美男子も台無しだった。

布を巻き終ると、啓四郎はすぐ立ち上がって土間に降りた。甚兵衛もそのあとに続いた。

「馬は五頭。松井の家に用意してあります」

「峠まで行けば、そこに別に警固《けいご》の人数が待っております」

人人は慌《あわただ》しい口調で啓四郎に話しかけていた。啓四郎は歩きかけたが、ふと気づいたように土間に戻ってくると、昌江にひょいと頭をさげた。

「世話になった」

昌江は門の前まで出た。いつの間にか、死体が片づけられていた。そして今度は甚兵衛が戻ってきた。甚兵衛は考え考え言った。

「わしは今夜は戻らん。もう誰も来ないと思うが、来たら裏口から、逃げろ」

「はい。そういたします」

昌江は、自分がこれまでになく、素直な気持で、そう答えたのを感じた。甚兵衛が言うことを聞いていれば、間違いないという気がした。

甚兵衛が戻るのを待って、男たちの一団は足ばやに去って行った。月に照らされたその黒い影が、次第に小さくなり、やがて街角を回ったのを昌江は見送った。

何事があったのかは、よくわからなかった。ただ夏の日に突然に訪れた、夢見がちな日日が終ったことだけを、昌江ははっきり感じていた。


昌江は、赤ん坊を腕に抱いて町を歩いていた。淑乃に赤ん坊を見せに行った帰りだった。赤ん坊は生まれて三月《みつき》ほどになる。

家の前で斬り合いがあってから、二年経っている。あのあと、甚兵衛は城で居残りをすることもなくなり、夕方にはきちんと家に戻るようになった。そして急に、忘れていたことを思い出したように、熱心に昌江をもとめ出したのである。

近ごろはまた倦きたらしくて、ご無沙汰がちになっているが、その当時の熱心さが実って、思いがけなく子供に恵まれたのであった。

恵まれたのは子供だけでなかった。今年のはじめ、甚兵衛に十石の加増の沙汰があった。藩では藩主の家督相続の争いがあって、一時は藩内が二分したが、三男の繁之《しげの》助《すけ》さまが家督をつぐことが決まり、昨年の暮、大殿さまが亡くなると、繁之助さまが新しく藩主になったのである。甚兵衛は、この争いの中で、繁之助様の方に味方して働いたので、加増されたのであった。

それだけの事情を聞き出すのに、昌江は例によって大汗をかいたのである。しかしあきらめていた子供をさずかり、また甚兵衛は家の中では依然として、煮えたか煮えないかわからないような様子ながら、外に出ると人並み以上の働きもすることがわかって、昌江はこのところ満ち足りていた。

いまさしあたっての心配は、子供が成人したとき、父親のように無口だったらどうしようかといったことぐらいだった。昌江は、誇らしげに子供を抱いて町を歩いた。

「おかみ。甚兵衛のおかみ」

不意に後で声がした。昌江は思わず振り返った。前に一度、そんなふうに呼ばれた記憶が、昌江を声の方に振り向かせたのである。

すると、一団の供人《ともびと》を連れた駕籠《かご》が一ちょう、そばにきてとまった。昌江はあっけにとられて、駕籠の中を見た。中でにこにこ笑っているのは啓四郎である。

「溝江さま」

昌江は呟《つぶや》いて、まだ茫然《ぼうぜん》と立っていた。もう会うことはあるまいと思っていたひとである。

　すると供をしていた武士がそばにきて、昌江の袖をひいた。

「殿である。新しい殿」

　はっと昌江は地面に膝をついた。このときほど、甚兵衛の無口に腹が立ったことは
なかった。繁之助さまというのが、このひとなのだ。

「あのときは世話になった」

　若い殿さまは、快活に言った。

「子供が生まれたと聞いたが、その子か。なるほど甚兵衛に似ておる」

　殿さまは、からからと笑った。昌江はなぜかひどく恥ずかしい気がした。

「誰か、金を持っておらんか」

「お待ち下さいませ」

　供頭《ともがしら》と見える男がそう言って、あわてて供の人数の間を走り回ったが、やがて恐縮
した顔で駕籠脇に戻った。

「誰も持ちあわせがございませんそうで。それがしもあいにくと……」

「まるっきりか。いずれも貧しいの」

そう言いながら、殿さまは無造作に腰の短か刀《がたな》をはずして、昌江にさし出した。

「古道具屋に持って行って、金に換えろ」

「恐れいりまする」

「そのうち、一度遊びに来い。ぜひ来い」

と殿さまは言った。

駕籠が、城の方角に去って行くのを、昌江は見送った。何ごとが起きたかと、遠くから様子を眺めていた人たちが散ったあとも、昌江はなおしばらく見送り、駕籠が見えなくなってからようやく歩き出した。

夢を見ているようだった。だが昔の記憶をたどるうちに、だんだんに笑いがこみ上げてきた。殿様に肩を揉ませたことを思い出していた。朝寝坊に腹を立てて、蒲団をはぎ取ったことも思い出していた。

家の前まで来たときに、昌江は赤ん坊を抱いたまま、小走りに門の中に駆けこみ、そこでひとしきり笑った。家の中に入っても、まだ思い出し笑いをした。

ただ、おかしく思い出されてくるのは、繁之助さまというあの殿さまが、そのころ言ったりしたりしたことで、その殿様を相手に、勝手な夢にふけったことは思い出さなかった。それは昌江がいま、十分にしあわせな証拠かも知れなかった。

春の雪

一

父親を見舞ってみさが茶の間に戻ると、母のおたねがすぐに後を追ってきた。

「お茶を淹《い》れようか」

長火鉢《ひばち》の向うに坐ると、おたねはそう言ってすぐに茶道具を引き寄せた。

「あたしだったらいいのよ、構わないで。すぐに帰らなきゃならないし」

「まあそう言わないで、お茶ぐらい飲んでお帰りよ」

おたねはそう言って、手早くお茶の支度をした。

「でも、おとっつぁんのそばにいないと、いけないんじゃないの？」

「それが、きりがないんだから」

みさに茶を出し、自分もひと口啜《すす》ると、おたねは顔をしかめてそう言い、片手をあげて拳《こぶし》で肩を叩いた。

「うるさい病人なんだから。いちいち相手になっていたら、こっちの身が持ちゃしない」

みさは、そういう母親を非難するように見たが、おたねの髪に、めっきり白髪がふえているのを見ると、うつむいて黙って茶を飲んだ。

父親の安蔵の中風は二度目だった。三年前に一度倒れて一年ほど寝ている。だがそのときは幸いに軽く済んで、仕事に戻ることが出来たが、十日前にまた倒れてしまった。

前のときは片足をひきずるくせが残っただけで済んだが、今度は枕も上がらない重病だった。意識は戻ったものの、身体も動かず、舌がもつれて、何を言っているかわからなかった。その有様を、奉公先からはじめて暇をもらって見舞いに来たみさは、ついいままでつぶさに見てきたばかりである。母親の苦労が察しられた。

安蔵は弓師である。弟子を一人取って、細ぼそと弓を作っていた。繁昌《はんじよう》する職人というのではないが、長年の顔としっかりとした細工の腕が買われて、武家方からの注文が切れ目がなかったし、近年は矢場がはやるとおもちゃのような楊弓《ようきゆう》の注文もあった。そういう品物にも安蔵は手を抜かなかったので、評判がよかった。

だが、今度の病気で、安蔵が仕事に戻るのは無理だろうと思われた。それどころか、わがままな病人として、これからあとおたねを悩ませるに違いなかった。そういう見通しの暗さも、おたねを疲れさせているのだろうとみさは思った。みさの兄の益吉は、弓師という職を見限って、浅草の錺師《かざりし》に弟子入りしているが、年季が明けるまで、まだ二年ある。家族が少ないし、また多少のたくわえはあるはずだが、それにしても病人を抱えてのこれからの暮らしは、楽とは言えない。

「お金がかかるわね、おっかさん」

とみさは言った。

「病人を一人抱えると、何やかやとね」

「あたしのお給金を、前借りしてもいいわよ。そのぐらいの無理は聞いてもらえるから」

「いいよ。そんなにまでしなくても」

おたねは顔をあげて、ひとつうなずき微笑した。

「いますぐに、食うに困るってわけじゃないんだから。家だって狭いけど自分の家だしね」

「…………」

「それにお前だって、そろそろ嫁に行かなくちゃね。おとっつぁんがこういうことになったら、よけいにお前の給金には手をつけないで、嫁入りの支度に回さなくちゃ」

「いいのよ。そんな支度に金のかかるところになんぞ行かないから」

「そうもいかないさ。世間体というものがあるからね。この間だって……」

言いさしてからおたねは、そうそ、そのことを話すのを忘れるところだった、と呟《つぶや》いた。

「こないだ、あんたを嫁にもらいたいという話があったんだよ」

「だれ？」

「三笠屋の息子。あんたも知ってんだろ、徳蔵という道楽息子がいるじゃないか」

「ああ」

と言ったが、みさは露骨に眉をひそめた。三笠屋は同じ南本所石原町の町内にある青物屋で、総領の徳蔵のことは小さいころから知っている。みさより確か五つ六つ年上のはずである。矢場勤めの莫連女《ばくれん》に入れあげて、親を困らせているとか、吉原に馴《な》染《じみ》が出来て日参しているという人の噂を、みさは深川の材木屋に奉公に行く前から聞いている。

「だめだめ。ああいう派手な女遊びをしているような人はいやよ。性に合わない」

「いまは道楽も下火になったらしいよ」

とおたねは言った。

「男は若いときに遊んだほうがいいんだ、なんても言うじゃないか。いつまでたっても遊びぐせがなおらないんじゃ見込みないけど、さんざん遊ぶとそれにも倦《あ》きて商売に身を入れるようになるらしいよ、みんな。徳蔵という人も、そろそろ遊びに倦きが来たんじゃないかね」

「それでもいやよ」

「そう極《き》めつけないで、少し考えてみたらどうだい？　三笠屋さんなら、そう大きな店じゃないにしても繁昌しているし、あたしらのような貧乏職人にはもったいない話のような気もするじゃないか」

「何か魂胆《こんたん》があるのよ、おっかさん」

とみさは言った。

「あのぐらいのお店なら、もっとちゃんとした家から、いくらも嫁さんをもらえるでしょ？　なにもあたしなんかに声をかけなくとも」

「魂胆て、なにさ」

「道楽が知れわたって、きちんとした家からは嫁の来手がないとか」

「うん。それもあるらしいわ」

とおたねはあっさり言った。

「話を持って来たのは、銀左衛門さんなんだけどね。ほら、荒井町の棟梁《とうりょう》さ。あのひとのことだから正直に言ってた。だいぶあちこちで断わられたって」

「そうでしょ？」

「でも、だから困りはてて貧乏弓師に話を持って来たんじゃなくて、徳蔵さんが、お前が来てくれたらと言ったんだそうだよ」

「いやーね」

とみさは言った。喜びは少しもなくて、心の中にざらつくような不快感があった。子供のころから知っているし、女遊びをしているころの徳蔵にも、時どき町の中で顔を合わせたことがある。若い者のくせに、まるで中年男のように腹が出て、磨いたような顔を光らせ、みさを見ると胸をそらせて薄笑いした。

——作次郎さんなら、あんなふうに肥ったりしていない。

みさは無意識のうちに二人を比較し、はっと気づいて母親の顔をうかがった。作次郎も同じ町内の幼馴染で、いまはみさと一緒に三好町の橋本という材木屋で働いている。みさは、いつかは自分が作次郎と結ばれるだろうという気がしている。徳蔵などという道楽者のことなど、考える余地はない。

橋本には、もう一人、子供のころやはり一緒に遊んだ茂太がいる。ぐずで、商人には向かないのじゃないかと思うほど、機転を欠き、いつも何かしらへまなことをやって、店の人に叱られている。だが茂太だって、徳蔵にくらべたら、まだましだとみさは思う。

「おっかさん、その話断わってよ」

「そうかい」

おたねは言ったが、少し未練そうな顔をした。

「あたしゃ悪くない話だと思ったんだけどねえ。親たちはお前だって知っているように、人柄がいいし、徳蔵さんは一人息子で小姑《こじゅうと》がいるわけじゃなし」

「でもあたしはいやよ。それにまだ一、二年は嫁に行く気はないのよ」

「そういうけど、お前だってもうそろそろ遅れ気味なんだからね。選《え》りごのみしていると、あっという間にとうが立っちまうよ」

「………」

みさが返事をしないので、おたねは、ま、本人がいやなものは仕方ないね、と呟いた。

いつの間にか茶の間が薄暗くなっている。茶色にすすけた障子が暗くみえるのは、時刻が七ツ（午後四時）を回ったせいもあるだろうが、朝から曇っていた空が、ついに一度も日の光をみせずに、いよいよ雲を厚くしたまま暮れようとしていることを示していた。

首筋に、ぞくりとした寒気を覚えながら、みさは言った。

「これから寒くなるから、おっかさんも大変ね」

「ああ大変だよ。ああいう病人だから、洗い物は毎日だし」

「兄ちゃん来た？」

「来たけど、いそがしいとかで、病人の顔見ただけで帰っちゃった。父さんも寝こむにはは少し早いんだよ。せめて益吉が嫁でももらったというんなら仕方ないけど、まだああしてゆっくり坐ってもいられない奉公人だからね」

おたねの口調は、だんだんにぐちっぽくなった。

「あたしも帰らなきゃ」

「まだいいだろ」

「そうもしていられないのよ。夕方は台所がいそがしいんだから」

橋本には女中が四人いて、おらくという婆さん女中もいるが、おらくは通い女中であとの二人はみさより年下だから、十九のみさが台所を切り回していた。それで多少のわがままは出来るが、責任も重いのだ。

店のことを口に出したことで、みさに急にいつものあわただしい気分が返ってくるのを感じた。みさは腰を浮かした。そのとき、さっきから耳の底に響いていた小さな物音の正体に気づいた。台所のわきの仕事場で、軽い木槌《きづち》の音がしている。

「富ちゃん、まだいるの？」

中腰のまま、みさは小声で言った。富次は、安蔵の弟子になってから五年になるが、まだ十七の子供である。父親がこういうことになって、富次はもうほかの弓師に奉公替えしたものと、みさは思いこんでいたのだった。

「浅草の矢場に頼まれた品物が残っていてね。それぐらいなら自分で出来るからって作っているんだけど、それが終ったらあの子の身のふり方も考えてやらないと」

おたねは言ってため息をついた。富次がいなくなって、病人と二人きりになる家の中のことを考えるような、ぼんやりした眼のいろで、おたねは赤い炭火を見つめている。陰気に沈んだ家の中で、そこだけがまだ昔のまま息づいているように、仕事場でまた軽快な木槌の音がひびいた。

二

激しい口調で何か言っている背の高い方が作次郎で、その前で黙って突っ立っているのが茂太だと、みさはすぐにわかった。

台所の屑《くず》を捨てに裏口を出て、みさはそこにいる二人に気づいたのである。闇の中で、二人の姿はぼんやりとしか見えなかった。みさは、足音をしのばせてそっと二人に近づいた。

「いったい、どういう了簡《りようけん》なんだい、茂ちゃん」

という作次郎の声が聞こえた。作次郎は、激しく相手を詰《なじ》る口調になっていたが、その声には相手を突きはなす冷たさはなく、深い気遣《きづか》いが含まれているのが、みさにはすぐにわかった。

——茂ちゃんが、また何かしくじりをしたのだ。

とみさは思った。

作次郎と茂太は同い年で、みさより二つ年上である。作次郎の父親は、いまもそうだが棟梁にはなれない下職《したしよく》の大工で、茂太の家は日雇いである。家が近いので、三人はよく一緒に遊んで育った。ほかにも子供のころ一緒に遊んだ連中がいたが、いつの間にか散りぢりに町を出て行って、いまも顔を合わせることが出来るのは、この三人だけになっていた。

材木屋の橋本に、一番最初に奉公に入ったのは茂太で、次にみさが女中奉公に来た。作次郎ははじめは経師屋《きょうじや》に奉公に出た。だが親方運が悪く、二度奉公先を変ったうえに、橋本の奉公人になった。三年前である。

だが作次郎は、新しい奉公先でめきめきと頭角をあらわし、いまでは、もう三年たてば橋本の手代だろうと言われていた。若者らしく引きしまった長身の身体をもち、頭が切れて、人柄もさっぱりして厭味《いやみ》がなく、みんなに好かれている。

作次郎にくらべて、茂太はもう八年も橋本に勤めているのに、いまだに材木屋の小僧扱いされていた。小柄で風采《ふうさい》があがらないのは、持って生まれた柄で、作次郎のように商《あきな》いのみこみが早く、計数に明るいということであれば、それ自体は商人になるうえで瑕瑾《かきん》になるというものではない。げんに橋本の番頭伊兵衛は、茂太とおっつかっつの小男で、猿に似た顔をしている。

だが、茂太はぐずで、のろまだった。奉公にきたころ、みさは茂太が店で「のろ」と呼ばれ、みんなに馬鹿にされているのを知って、暗い気持になったことがある。橋本では奉公人を、一度は置場と呼ぶ木場にある材木置場の仕事に出し、そこでの仕事ぶりをみて、三好町の店に呼び返して、とくい先との雑用に回らせたり、店の帳付けの手伝いをさせたりする。そしてやがて取引の場所に顔を出したり、集金に回ったり、材木の買付けに遠国に旅に出たりして一人前の奉公人になり、そこから手代に引き抜かれる人間が出るのだ。

茂太だけは、いつまでも置場勤めで、材木の出し入れの手伝いをやっている。作次郎もいま店から置場に出ているが、仕事は人足を指図したり、材木の帳付け、照合といった中身で、春には店に呼び返されるだろうと言われていた。それにくらべれば、茂太がやっていることは、橋本で使っている人足がやっていることと、それほど変りはなかった。

八年間そういう仕事をし、それでもまだ十分には仕事のコツが呑《の》みこめず、時どき手違いで材木を崩《くず》して、人足の親方にまで「このひとと一緒じゃ、危なくて仕事にならねえや」などと罵《ののし》られたりする。その間に、茂太は小柄ながら人足なみに筋肉が張った身体つきに変った。

ぐずで無口な茂太は、置場でも夕方店に帰ってからもいいように人にからかわれたが、作次郎はそういう茂太をいつも前に立ち塞《ふさ》がるようにしてかばっていた。みさにはそれがよくみえた。作次郎は、茂太が意地の悪いことをされたり、からかわれたりすると、さりげなく間に入って、その場の空気を変えたり、時には茂太にかわってはっきり自分で喧嘩《けんか》を買って出たりした。そういう作次郎の男らしさは、店でも置場でも評判がよかった。茂太はそのために、何度か救われた思いをしているはずだった。

みさは置場のことまで全部見たわけではないが、店では作次郎がたびたび茂太のしくじりの尻《しり》ぬぐいをするところを見ている。

——小さいころと同じだ。

とそういうときみさは思うのだった。

子供のころから、茂太はぐずで、作次郎は機敏だった。茂太はよくいじめられたり、殴られたりし、泣き虫だった。その茂太をかばって、作次郎が年上の子供とすさまじい喧嘩をしたことを、みさはおぼえている。

いまも闇の中で、説教している作次郎と、説教されている茂太を見ていると、みさは子供のころを思い出すようだった。茂太が角の駄菓子屋からひと摑《つか》みの塩菓子を盗み出したとき、作次郎は激しく怒り、作次郎の見幕《けんまく》に、茂太からもらった菓子を食べてしまった、みさやほかの女の子たちまで泣き出してしまったことがある。

「仕事が終ってから、置場の連中と一杯やるぐらいは、大目にみると店では言ってるんだ。だがね……」

作次郎は声をひそめたが、語気が強いために、次の言葉もみさには聞きとれた。

「連中と博奕《ばくち》までやるとなると、ただじゃ済まないんだぜ。旦那に知れたら、茂ちゃん、お前お店を出されちまうよ」

「……」

「それに、わかってるんだろうが、ああいう場所は、つき合いはじめると足が抜けなくなるんだぜ。やめろよ、な、茂ちゃん。やめるんならいまのうちだよ」

「………」

ぼそぼそと茂太が何か言った。

「え？　何だい？　え？」

作次郎が茂太の方に顔を傾けるのが、みさの眼に見えた。うん、うん、そうかわかったと作次郎は言い、しばらく沈黙したが、やがて普通の声音《こわね》に戻った。

「わかった。お前が行かないと約束してくれれば、その話は俺がつけようじゃないか」

「そんな迷惑まではかけられないよ」

という茂太の声がした。

「なに、まかせておけって。俺がその親分に会って話をつけてくるよ。心配はいらない」

「悪いよ。それは俺が何とかする」

「何とかなんか、なるもんか。だんだん足が抜けなくなるだけさ。いいよ。俺にまかせろ。そのかわり、な」

「……」

「もう一切賽子《さいころ》には手を出さないと、約束してくれ。いいかい」

茂太の声が、また低くなり、二人はそのあと、ひそひそ何か囁《ささや》き合った。

茂太が、作次郎に肩を押されて先に店の横手の方に消え、その後を見送ってから、作次郎が歩き出そうとしたとき、みさは「作次郎さん」と声をかけた。

「あたしよ」

黙ったまま、透かすようにこちらを見ている作次郎に、みさは軒下を離れてゆっくり近づいた。

「みさちゃんか」

「悪いけど、話聞いたのよ」

とみさは言った。作次郎のそばに行くと、闇の中に男くさい体臭が匂った。作次郎は人足の指図もするが、自分でも身体を使い、日中は汗にまみれて働いてくるのだ。

男の身体の匂いが、みさを軽く狼狽《ろうばい》させたが、動揺を押し殺して言った。

「茂太さんが、また何かやったの？」

「うむ。いや大したことじゃない」

「でも、賭《か》けごととか何とか言ってたじゃない？」

「それも聞いたのか」

作次郎が苦笑のまじった声で言った。

「だって聞こえたもの」

「あいつ、賭場《とば》に行ってたんだ」

作次郎はあっさり言った。

「それで、その親分とかいうひとに会うの？」

「仕方ないな。二両の借金があるので、足を抜けないと言うんだ。置場の連中の中には悪いのがいるからね。誘われて深間《ふかま》にはまったらしい。だがいまのうちなら引返せると思うから、話をつけてやるさ」

「そんなことして、危ないことはないの？」

みさは、作次郎の胸に顔が触れるほど近ぢかと寄りそって、男の顔を見あげながら言った。暗いが、作次郎の顔の輪郭《りんかく》だけはわかった。闇の中に、男と二人だけでいて、そうして声をひそめて話していると、幸福な感情がみさの胸をゆさぶってくる。

店の中で二人が立ち話をしていても、妙な顔をするものはいない。女中頭という立場にいて、みさは店の奉公人たちから一目置かれていたし、作次郎は男らしく、それでいて才気に溢《あふ》れていた。もう三年もたてば、手代に使える男だと折紙をつけたのは、ほかならぬ橋本の主人佐兵衛である。

二人が幼馴染だということは、作次郎が橋本にくると間もなく店の中に知れわたり、やがて人びとは、いずれ二人が一緒になるだろうということを暗黙のうちに認めた形になった。作次郎は長身で、ひきしまったいい男ぶりをしているが、みさも美貌だった。色白の細面で、みさ自身にはわからないことだが、眼に色気があるなどと言われている。

一緒になれば似合いの夫婦だろうと、橋本の内儀まで口にするほどで、作次郎とそのことを確かめ合ったことはないにもかかわらず、みさはいつかそうなるだろうと心の中で思っていた。多分それは、作次郎が手代に引き上げられるころだろう、とみさは漠然と考えていた。

だが周囲から認められた形になると、かえって二人きりで話をしたりすることがはばかられた。店の中で顔が合えば、それとなくほかの者に対するのとは違う眼遣いをしたりするものの、二人きりで長い間話すことはめったになかった。

それが、思いがけなく外の闇の中で会い、男の体臭が匂うほど、そばにいられるということが、みさをしあわせにしていた。茂太のことを話題にしていたが、話の中身などどうでもいいことだった。話すことがあって、少しでも長く作次郎と一緒にいられれば、それでよかった。

危ないことはないか、と言ったみさの口ぶりはどことなく甘えるひびきを含んだ。

「心配することはないよ。話してみて、待ってもらえるものなら、茂太に少しずつ返させるし、たったいま返せと言われたら、仕方ないから、俺の金を立て替えて払うさ。それだけのことだよ」

作次郎は低い声で笑った。

「茂ちゃん、ほんとに仕方のないひとね」

みさは昔の口ぶりに戻って言った。

「いつもあんたに迷惑をかけてるんだから」

「困ったもんだよ。旦那や番頭さんは、せめて置場の指図ぐらい出来るようにさせたいと考えているようだけどね」

「でも、作次郎さんは立派よ。見捨てないで面倒みてやってんだから。友達だからって、ここまで面倒みることは、誰にでも出来るってものじゃないのよ」

「立派なんてことはないさ。ただ見ちゃいられないから世話を焼くだけでね。ところで……」

作次郎は口調を変えた。

「こないだ、家へ行って来たって？」

「ええ」

「親爺さんの具合はどうだった？」

「それがよくないのよ。二度目でしょ。口はきけるようになったけど、この前のように立ち上がれるようになるとは思えないの」

「それは気の毒だな」

作次郎は、一寸考えこむように黙ったが、すぐに口籠《くちごも》るような口調で続けた。

「今度見舞いに行くときは知らせてくれないか。ほんとは俺も一度顔を出せばいいのかも知れないんだが、そうもいかないだろうから、何か見舞いの品でも持って行ってもらいたいんだ」

「あら」

とみさは言った。ぱっと顔に血がのぼったのがわかった。二人のこれからのことについて、作次郎がはじめて自分の気持を言ったような気がしたのだった。みさは思わず声をはずませた。

「どうも有難う」

「じゃ、遅いから行くよ」

作次郎はそう言うと、不意に背を向けて、店の横手についている出入口の方に去った。

しばらくぼんやりとみさは闇の中に立ちつくした。暗い中に二人きりでいて、手も握らないで去って行った男に対する不満が残った。だが一方で、作次郎が確かに、いずれお前と一緒になると言ったにひとしい言葉を口にしたという思いが、みさの心を掻《か》き乱していた。

考えてみれば、まわりがそうはやしたてるだけで、また自分も漠然とそういう気持になっているものの、やがて夫婦になるという約束を、作次郎と交わしたわけではなかった。だが今夜、作次郎にもその気持があることがはっきりしたのだ。

みさは空を仰いだ。星がおどろくほどはっきりと、空の隅隅まできらめいていた。

暮れ近い夜の冷えが足もとにまつわっていたが、みさは寒いとは思わなかった。

三

料理茶屋の山本屋を出ると、まだ外が明るく、穏やかな日射しが路を照らしていた。穏やかだが、日射しにはどこかきらめくような感じがあった。年があらたまって僅《わず》か半月ほどだが、日の光も町を行き来する人の姿も、暮れとはどこかしら違っているように思われる。

みさは馬道通りを東仲町の方にゆっくり歩いた。人混みの中を歩いて行くと、背中に日射しがぬくかった。みさは道の両側にある小間物屋や古手屋《ふるて》の軒先をのぞきこんだりしながら、人混みに運ばれて行った。暗くなるまでに帰ればいいと思っていた。

五日後に、橋本では取引先を招待することになっていて、みさは内儀のおまさに言いつけられて山本屋に振る舞いの交渉に行ってきたのである。膳《ぜん》の品数はどう、酒はどのぐらい、芸者衆は何人と細かい打合せの間に駈け引きがあって、気骨の折れる交渉だったが、橋本でも満足出来、料理屋でも喜ぶという振る舞いの中身が決まり、しかも、おまさが予想した費用より少し安くまとめることが出来た。

その安心感が、みさの歩みを少し怠惰《たいだ》にしていた。みさはしきりに左右の店をのぞいた。にぎやかな店通りを、ゆっくり眺《なが》めながら歩くなどということはめったにないのだ。

「みさちゃん」

ふと遠慮したような声で呼ばれた。はっと振りむくと、茂太が立っていた。

「あら、どうしたの？」

思わずみさは高い声を出した。

「使いで、吉富町まで行って来た」

「あたしも使いで、そこの山本屋まで行って来たのよ」

と、みさは言った。みさはじろじろと茂太を眺《なが》めた。しばらく茂太と会っていなかったような気がした。

茂太は小柄だがしっかりと肩幅が張った身体つきをし、冬だというのに真黒に日焼けしている。

――ずっと置場勤めだったから。

みさはそう思い、冬も日焼けのさめることのない男を、ふと哀れに思った。それほど醜男《ぶおとこ》というわけではないのだが、細い眼や、少ししまりを欠いた口もとのあたりに、男の鈍な性格がのぞいている。もっとも、昔からこうだったのだとみさは茂太を見ながら、そう思った。

「一緒に帰る?」

そう言ったが、みさはふと作次郎に言われていたあることを思い出し、改まった表情で言った。

「茂太さん、ひまがあるの?」

「さあ」

茂太は首をかしげた。迷った顔つきになっている。こういうところが鈍なのだとみさは思った。遅くなった言訳なんか、なんとでも出来るのに。

「ちょっと話があるのよ。そこのおそば屋さんに寄らない?」

いいとも悪いとも言わずに、茂太はみさが道脇のそば屋の暖簾《のれん》をくぐると後についてきた。

かけそばを二つ注文してから、みさはいきなり高飛車な口調で言った。

「あんた、まだ賭《か》けごとをやめていないんだって?」

はっとしたように、茂太はみさの顔を見たが、すぐに深くうつむいてしまった。叱られた子供のように見えた。

「作次郎さんに聞いたわよ。賭けごとからは手をひくというから、始末をつけてやったのに、また賭場に行ってるらしいって。あのひと怒っていたわよ」

作次郎の名前を出したとき、茂太の肩がぴくりと顫《ふる》えた。

「あたし、はじめから知っていたのよ。いつか、暮れに近い晩に、あんた店の裏庭で作次郎さんと話していたでしょ。あのとき、あんた方の話を聞いちゃったのよ」

「……………」

「一体どうしたというのよ。茂ちゃん」

みさは子供のころのことを思い出していた。茂太は意気地なしで泣き虫だった。たった一度茂太は駄菓子屋の婆さんの眼をごまかして、ひとつかみの塩菓子を盗み、みさもそのお相伴《しょうばん》にあずかったが、そのときはみんな腹が空いていたのだ。菓子を盗むということも、大勢いる中の誰かが言い出したことで、一番腹が空いていた茂太が盗む気になっただけのことのような気がする。

茂太が悪いことをしたのを見たのは、そのときだけだった。あとはおとなしくて、女の子にいじめられても泣き出した茂太しか思い出せない。その茂太が、荒くれた男たちにまじって、ご法度《はっと》の博奕に手を出しているなどとは信じられなかった。

そばが運ばれてきたので、みさは茂太にすすめ、自分も啜《すす》りこんだ。

「どうしたの？　食べないの？」

そばには手をつけずに、飯台《はんだい》の向うにうつむいている茂太に、みさは声をかけたが、茂太は黙って首を振っただけだった。

「真面目に勤めてきたじゃないの、八年も」

そばを啜りながら、みさは言った。

「あたし、いまの店に初めて奉公に行ったとき、茂ちゃんがいたんでびっくりした。材木屋に奉公に行ったって聞いたけど、同じ店だったとは思いもしなかったものね」

「………」

「そのときは嬉しかったな。何しろ人の家に奉公するのは初めてで心細かったから」

あのときは確かにそうだったのだ、とみさは思った。しかしひと月ほど経ち、その間に橋本にも気に入られて、漸《よう》くあたりが見え出したころ、幼馴染の茂太が、店では「のろ」と呼ばれて、同僚に馬鹿にされていることにも気づいたのだ。

「お店では、茂ちゃんは置場が長いんだから、そこで人足を指図する人になってもらいたいと思ってるようなのよ」

それは作次郎からの受け売りだったが、みさは茂太を力づけるためにそう言った。だが茂太はちらとみさを見上げただけだった。

そばを喰い終ると、みさは正面から茂太を見据《みす》えた。作次郎から、俺の言うことなど聞きゃしない。みさちゃんなら、何か喋《しゃべ》るかも知れないから、おりがあったら、どういう了簡か一度聞いてみてくれと言われている。

「さあ、聞かせてちょうだいな。賭けごとをしたりするのは、何かわけがあるの？たとえば、まとまったお金が要るとか……」

「……」

「それとも、ただ面白いからやっているというわけ？」

「……」

「あんた、このごろあたしを避けているわね。悪いことをしているから、昔の友だちの顔が見られないんでしょ？」

そうだ、さっき茂太にひさしぶりに会ったような気がしたのは、近ごろ店の中で顔をあわせても、茂太がぷいと眼をはずして、横に逸《そ》れてしまうせいだと、みさは思った。以前はそうではなかった。店先や廊下で逢《あ》うと、にこにこ笑い、腹がへったから、うまいものを喰わしてくれよな、などといつも同じことを言っていたのだ。

どじだ、間抜けだと罵《ののし》られ、力仕事しかあたえられなくとも、茂太は茂太で楽しそうに働いていたのだ。いつから、そうでなくなったのだろう。いつから賭けごとに手を出したりする男になったのだろう。作次郎に言われたばかりでなく、みさもそのことを知りたかった。

「ねえ、悪いことをしてるとは思わないの？　茂ちゃん」

「思ってるよ」

ぽつりと茂太が言った。頭を垂《た》れたままだった。

「それで？　何かわけがあるの？」

「………」

「あたしには、どうしてもわからないのよ。茂ちゃんが賭けごとに夢中になったりするわけが……」

「夢中になんか、なっていないよ」

「じゃ、どうして悪いと思ってることをやるのよ」

「おれに……」

不意に茂太が言った。喉《のど》がつまった声だった。

「おれに構わないでくれよ。頼むから……」

言うと茂太は深くうつむいた。飯台の上に滴滴と涙がしたたるのが見えた。みさは茫然としたが、心の奥底に不意にくすぐられるような笑いが動くのを感じた。

──まだ、泣き虫がなおっていない。

みさはやさしく言った。

「そう。話したくないのね。それならいいわ。でもあたしや作次郎さんが心配していることを忘れないでね」

四

東仲町のそば屋を出ると、二人は黙って歩いた。おれに構うな、と立派なことを言った茂太が、黙って後からついて来るのがおかしかったが、みさはそのままにした。

汐《しお》見《み》橋を渡って、入船町まで来たとき、みさは茂太を振りむいて言った。

「茂ちゃんは気が弱いのよ」

あのときもそうだった。と、みさは昔のことを思い出していた。

作次郎や茂太よりひとつ年上で、おくにという女の子がいた。おくには子供のころからませていたが、色気づく頃になると、町の誰かれともう噂があった。そのおくにに、茂太がだまされて、米や母親の着るものを運んだことがあった。橋本に奉公に出る前の年だから、茂太は子供だったが、ひとつ年上のおくには、もう大人だった。米を運んで、茂太が、おくにに何をしてもらったかは、みさは知らない。

ただそのことはすぐにばれて、そのため茂太は急に奉公に出されることになったのだ。おくにも間もなく町を出た。おくにがその後どうなったかは、みさは知らない。

「誘われると、断われなくなるのよ」

みさが、もう一度振りむいて言うと、茂太も顔をあげてみさを見た。細い眼が、暗い光を宿しているように見えた。

日が沈んで、あたりは急に薄暗く変りはじめていた。町の家家の屋根が、黒っぽく見え、歩いて行く道と、掘割の水だけが白かった。

「寒くなってきたわ」

みさが、襟《えり》におとがいを埋めたとき、不意に前に人影が立ち塞がった。みさはうつむいたまま人を避けようとした。すると人影はみさが身体を寄せた方に動いた。そして下卑《げび》た笑い声が起こった。

顔をあげたみさの前に、三笠屋の徳蔵が立っていた。徳蔵は一人でなく、みさが顔を知らない男二人と一緒だった。そして連れの二人は、徳蔵よりもっと悪い人相をしていた。

「珍しいところで会うじゃないか」

徳蔵は、みさに近ぢかと顔を寄せて言った。薄笑いを浮かべたままだった。みさはぞっとした。寒ざむとしたものが身体を走り抜けたような気がした。

「そのへんで一杯やるつもりで来たんだが、どうだい、ちょっとつき合わないか」

「そんな……」

　みさは強くかぶりを振った。

「あたしいそいでいますから」

「まあ、そう言わずにつき合えよ。あんたには話もあるんだ」

「困ります。ここを通してください」

　徳蔵は答えずに、また下卑た笑い声をひびかせた。すると連れの男たちも笑った。

徳蔵のやり方を面白がっているように見えた。恐怖で顔が白くなるのを感じながら、みさは後を振りむいて、茂太の姿を探した。茂太は一間ほど後に立ちどまってこちらを見ている。立ちすくんでいるように見えた。

「あの男は連れかい。日暮れの道行とは、あんたも隅におけないな。おや？」

　徳蔵はのぞき込むようにして、後の茂太を見つめた。

「誰かと思ったら、連れは茂じゃないか。すると道行というわけじゃなくて、茂はおともか。こいつは都合がいいや。茂なら話がわかるだろ。おい」徳蔵は茂太に呼びかけた。

「みさをちょっと借りるぜ」

「ふざけるのはやめてくれよ。三笠屋の若旦那」と茂太が言った。

「ふざけてなんかいないよ。本気で相談してるんだ」

「そんな。困るよ、そういうことされちゃ」

「こいつは同じ町内の日雇いの伜《せがれ》でな。茂というんだ」徳蔵は連れの男たちに言った。

「少し人間がのろいが、話はわかる男だ。見て見ぬふりをしてくれるさ。構わないから、このねえちゃんを借りて行こう」

徳蔵は、逃げようとしたみさの袖をつかまえると、男たちに手を振った。すると男たちが薄笑いを浮かべて寄ってきた。みさは思わず悲鳴をあげた。

「そんなことはさせねえぜ」

背後で茂太が喚《わめ》く声がしたと思うと、みさの横を黒いものが走りすぎ、みさを押えていた徳蔵が、わッと叫んで地面に転んだ。

茂太は次の男に突進していた。茂太は自分よりはるかに背が高い男を、丸太をかつぐように肩にかつぐと地面に叩きつけた。その茂太に、もう一人の男と、起き上がった徳蔵が襲いかかった。すさまじい乱闘になった。

「みさちゃん、逃げろ」

乱闘の渦の中から、茂太が叫んだ声に促《うなが》されて、みさは島田町の手前の橋まで逃げた。だが、足が顫《ふる》えて橋の欄干《らんかん》につかまったままそこで動けなくなった。

誰か来ないかとあたりを見回したが、人影はなかった。寒ざむとした河岸の道の上で、男たちの影が黒く入り乱れている。時どき獣じみた怒号が掘割の水面にひびいた。

長い乱闘が終って、あたりが静かになったとき、みさは一人の男を引きずるようにして肩にかけて男たちが去り、男たちの行ったあとに、茂太が倒れているのを見た。

顫える足を踏みしめて、みさは橋から河岸に戻り、茂太のそばにしゃがみこんだ。

低いうめき声がし、茂太の身体から血が匂った。

「大変だわ」

みさは、茂太が死んだかも知れないという恐怖のために啜り泣きながら、茂太を抱きおこした。すると、茂太が薄く眼を開いた。

「しっかりして」とみさは言った。

「立てる？　ねえ、立てる？」

「だいじょうぶだ。手を貸してくれ」

茂太は呟くような低い声でそう言うと、自分から立ち上がろうともがいた。みさの手に縋《すが》って、漸く立ち上がった茂太を、みさは脇の下に身体を入れて支えた。

「少し歩けるかしら。橋を越えたところにおらくさんの家があるから、そこまでがんばって歩いてね」

「ああ」

茂太はうなずいたが、歩き出すと大きな呻《うめ》き声を立てた。茂太の身体は頼りなく右に左に揺れ、そのたびにみさも一緒になってよろめいた。虫が這《は》うように、のろのろと二人は歩いた。茂太はどこかにひどい傷を受けている。ときどき気が遠くなるらしかった。そのたびに茂太の全身の重みが肩にかぶさり、みさは間もなくびっしょりと汗をかいた。

――とにかく、おらくさんの家まで運ばなきゃ。

とみさは思った。通い女中のおらくの家が、橋向うの島田町にあったのは僥倖《ぎょうこう》というしかなかった。そうでなければ、人気の絶えた河岸の道で、途方に暮れるしかなかったのだ。おらくは、夜食の支度だけ手伝うと、家に帰る。いまごろは帰っているかも知れなかった。

橋を越え、島田町の裏店《うらだな》にあるおらくの家にたどりついたとき、あたりはとっぷりと暗くなっていた。おらくは帰っていて、二人をみると仰天《ぎょうてん》して大声をあげた。

蒲団《ふとん》を敷いて寝かせ、血だらけの茂太の顔を手拭《てぬぐ》いで拭いてから、おらくが医者を呼びに出て行ったあと、みさは放心したように蒲団の裾《すそ》のところに坐り込んだ。ぐったりと疲れていた。

茂太はこんこんと眠っている。行燈《あんどん》の暗い灯に照らされたその顔を見ていると、改めて大変なことになったという気持がこみあげてきた。店で心配しているだろうとはじめて思ったが、それどころではないという気がした。

「みさちゃん」

不意に茂太が呼んだ。はい、と言ってみさはいそいで茂太のそばににじり寄ったが、それはうわ言のようだった。茂太は固く眼を閉じ、時どき瞼《まぶた》を痙攣《けいれん》させながら、荒い息を吐いている。みさは蒲団の裾に戻り、足を崩して背を壁にもたせかけた。すると、茂太がまたうわ言を言った。

「行かないでくれよ、みさちゃん」

茂太はそう言うと啜り泣いた。ひどく悲しげな泣き声だった。

みさは背をのばし、凝然《ぎょうぜん》と茂太の寝顔を見つめた。それからゆっくり部屋の中を見回した。おらく婆さんはひとり住まいで、茂太のうわ言を聞いた者は、みさのほかにいなかった。

みさは茂太の枕もとににじり寄り、顔をのぞいた。茂太はさっきと同じように微《かす》かに瞼をふるわせながら、荒い呼吸をつづけていたが、その眼尻から、ひと筋涙のあとが尾をひいてこめかみに垂れていた。

みさはその涙のあとを、静かに指でぬぐってやった。そうしながら、茂太がなぜ博奕場に出入りしたか、そのわけがわかったと思った。みさは救いをもとめるように作次郎の姿を思い描いたが、その姿はひどく遠くみえた。そして、おどろくほど近い場所に茂太がいるのを感じた。

五

店の者の夜食の世話を済ますと、みさは今日も内儀のおまさに断わって店を出た。置場の仕事が遅くなるとかで、作次郎と顔を合わせないで済んだのが、幾分心を軽くしていた。

おまさには包まず事情を話して、おらくの家で寝ている茂太を見舞いに行かせてくれ、と頼んであるが、みさは作次郎にまだそのことを話していなかった。

店の中では、茂太はただ、人の喧嘩に巻きこまれて怪我《けが》をし、知り合いの家で傷の養生《ようじょう》をしているということになっていた。そうつくろってくれるように、みさが内儀に頼んだのである。自分が原因で、茂太が怪我をしたなどということを、店の者に知られたくない、という気持がみさにはあった。知れれば、いろいろと尾ひれをつけて噂されるだろうということもあったが、今度の出来事には、あからさまに人に知られたくないものが含まれていると、みさは思っていた。ことに作次郎には知られたくなかった。

幸い作次郎は、内儀のおまさがつくろって流した噂を、そのまま信じている様子だった。

「聞いたかい」

店先で顔が合ったとき、作次郎はみさにそのことを言い、いまいましそうな顔をした。

「言わないことじゃない。心配したとおりになっちまったじゃないか。ただの喧嘩なんかじゃあるもんか。茂太のやつ、やくざ者の喧嘩の片棒をかつぐようになってしまったのだ」

みさが黙っていると、作次郎は憤《いきどお》ろしげにつけ加えた。

「あいつはもう、おれたちの手のとどかないところに行っちまったらしいや」

掘割の多い木場の町を、途中で作次郎に出会わないように道を選んで歩きながら、みさはそのときの作次郎の言葉を思い出していた。作次郎を裏切っているような、微かなうしろめたさがあったが、その気持は、それほど強いものではなかった。

――約束したわけではない。

そう思っていた。作次郎は、男も惚《ほ》れこむようなしっかりした人間だった。風采もよい。あのひとと一緒になれればいい、と思ったことは事実だった。そのつもりでいたのだ。

だがその気持が、半月前のあの夜、茂太が頭に大怪我をした日から、変ったという気がした。作次郎が遠くなった感じが、いまもみさの心の中で続いている。それはみさの心の中に茂太が入ってきたためかも知れなかった。

それは、たとえば茂太に惚れたとか、一緒になりたいといったことではなかった。所帯を持つ相手なら、茂太ではなく作次郎だということは、はっきりしている。

ただ茂太のことを考えると、みさは気持が一瞬しめつけられるような気になる。茂太が自分を好いているのは疑いない、とみさは思っていた。見捨てて逃げれば、あんな大怪我をすることもなかったのに、茂太は力が尽きるまで徳蔵たちと争ってみさをかばったのだ。惚れた女だから、茂太はそうしたのだ。あんなうわ言を言うほど思いつめていたのに、そのことをひと言も洩《も》らさず、気ぶりにも見せなかった茂太のことを思うと、みさは胸が熱くなるのだった。

茂太のような男の、そういう気持を、笑って見すごす女もいるに違いなかった。利口な女なら気づかないふりをするのだろう。

——だが、あたしには出来ない。

みさは少し思いつめた気持でそう考える。茂太は自分の愚鈍さを知っていた。知っていたから何も言わなかったのだ。作次郎は自信に溢れて、正面からみさを見つめて物を言ったが、茂太は一度もそんなふうにはみさに物を言ったことがなかった。眼が合えば、すぐに逸《そ》らし、ともするとみさの眼から自分を隠そうとしていたのだ。そこがあわれだった。

茂太の気持に気づいていると言おう。茂太が怪我してから、一日置き、二日置きとひまを見つけてはおらくの家に見舞いに通う間に、みさは次第にそう思うようになっていた。茂太はその気持を、決して恥《は》ずかしがったりする必要はないのだと、言ってあげよう。

言って、そのあとどうなるかはわからなかった。だが茂太にそれを言うことは、色恋よりもっと大事なことなのだ、という気がした。茂太に惚れているなどとは思わなかった。だが、作次郎にだって、ほんとうに惚れたことがあったろうか。

——ない。

みさは立ち止まって、凝然と西の空を眺めた。日は一日ごとに、目立つほど長くなって、前は日が暮れるとあっという間に暗くなったのに、西の空にはまだ黄ばんだ光が漂っていた。おらくの家に行くと、茂太が蒲団の中でにこにこ笑いながらみさを迎えた。血色もよく、元気そうに見えた。

「元気になったじゃない？」

とみさも微笑しながら言った。茂太は石ででも殴られたらしく、後頭を割られて一昼夜も意識がなく、高熱を出した。だが、おらくが連れてきた医者の手当てがよかったらしく、一たん快方にむかうとめきめき元気になった。若い身体は、回復が早かった。

「このひと、明日は石原の家に帰ると言うんだけど、どうしようか」

と、おらくが言った。みさはびっくりした。

「まだ無理じゃない？」

「それがさ。昼の間に歩いて外まで出てみたけど、大丈夫だったたって言うんだよ」

「まあ、無茶ね。目まいはしなかった？」

「すこし。だけど、もう寝てる病人じゃない」

茂太は言い、少し恥ずかしそうな顔をした。

「石原へ帰って、それからどうするの？」

「四、五日休んで、それからお店に帰るよ」

「それで大丈夫かしらね」

「ああ」

みさは少し考え込んだ顔になったが、そうね、おらくさんにも、そういつまでも迷惑はかけられないわね、と呟いた。それからみさは後を向いて、鼻紙にすばやく一朱包むとおらくに渡した。

「おらくさん。あたし茂太さんと少し話があるのよ。追い出すようで悪いけど、これで一杯やってきてくれるかしら？」

「おやまあ」

おらくは相好《そうごう》を崩した。おらくは痩《や》せて髪も真白な六十婆さんだが、酒に目がない女だった。その酒のために、亭主や子供とも別れて一人暮らしをする境遇になっていたが、本人はそのことをふしあわせだとは思っていないようだった。近くに馴染みの飲み屋があり、金が入ればそこに足を運んで、のんきに暮らしていた。

「いつも気を遣《つか》ってもらってすみませんね。なにね、どうせ風呂に行って来ようと思っていたんだから、そんな気遣いはいらなかったんですよ」

言いながら、おらくは前に出されたおひねりをすばやく摑《つか》むと、押しいただいて懐にしまった。おらくが出て行くと、二人はしばらく黙ったが、やがて茂太が重い口を開いた。

「あまり遅くならないうちに、帰ったほうがいいんじゃないかな」

「あたしがいると、気づまりなの？」

「いや」

茂太は口籠った。

「帰りは暗いから、女の夜歩きは心配だ」

「だいじょうぶよ。駕籠《かご》を頼むから。帰りはいつもそうしているもの」

「………」

「でも、心配してくれて有難う」

「………」

「茂ちゃん」

みさは呼びかけて、茂太の枕もとににじり寄った。緊張したために、喉につまった声になった。まぶしそうに見上げた茂太の眼に、みさはこわばった笑いをむけた。

「茂ちゃん、あたしを好いてくれていたのね」

茂太がさっと顔をそむけた。その頭にまだ巻きつけてある布が痛いたしかった。

「そのことに、あたし今度やっと気づいたのよ。ばかね」

「……」

「好いてくれて有難う。あたし一度はそれを言いたかったの」

「いいよ、そんなこと言わなくとも」

茂太が身じろぎして背をむけながら怒ったような声で言った。

「いいえ、そうじゃないわ。でも、だからって、あたし茂ちゃんと夫婦になる気はないのよ」

「わかってるよ」

「そのかわり、一度だけ茂ちゃんに抱いてもらいたいの」

「やめろ」

半身を起こして、茂太が叫んだ。茂太はうろたえた顔になっていた。

「やめろよ、みさちゃん。おれのことならいいんだ」

「どうして？」

みさが立ちあがると帯締《おびじ》めを落とし、帯を解《と》いた。

「そんなことしたら、嫁に行けなくなる」

「誰に？」

「決まってるさ。作ちゃんにだ」

「ああ、作次郎さん」

みさは薄く笑って腰紐《こしひも》を解いた。

「茂ちゃんのお嫁になる気はないけど、でも作次郎さんよりは、茂ちゃんの方が好きよ」

みさは行燈に背を向けてうずくまると、足袋《たび》を脱ぎ、肩から着物を滑らせた。いま言ったことはほんとのことだ、とみさは考えていた。

六

亥《い》の堀川を渡って、作次郎が来るのをみると、みさの身体は自然に硬くなった。話があるから、昼休みに十万坪わきの道まで来てくれ、と今朝店を出るときに囁いて行ったが、いま作次郎は約束どおり置場を抜け出してきたのだ。話というのが何なのか、みさにはもうわかっていた。茂太とのことが、作次郎の耳にとどいたのだ。

おらく婆さんは、もともとがお喋りな女である。茂太を預《あず》かっている間こそ、内儀のおまさにも口止めされ、みさから小遣いももらったので神妙に口を噤《つぐ》んでいたが、茂太が店に戻り、みさのお手当も切れると、たまらなくなって誰かに洩らしてしまったのだ。作次郎の耳にとどいた以上、噂は店中に行きわたってしまったのだろう。

枯草の中に立ち、身体を硬くして日を浴びているみさの前に立つと、作次郎はしばらくまじまじとみさを見つめた。

「いそがしくはなかったのか」

と作次郎は言った。やさしい声だった。

「いいえ、大丈夫よ」

「話というのは、ほかでもないんだが……」

作次郎はうつむいてそう言ったが、やがて顔をあげると、はっきりした口調で言った。

「茂ちゃんのことを聞いたよ」

「……」

「毎晩のように見舞いに行ってたそうだな」

そうじゃないと言おうとしたが、みさは口を噤んだ。そんなことはどちらでもいいことだった。

「どうしておれに言わなかったんだ」

「いそがしそうだったから……」

「そうじゃないだろ」

鋭い口ぶりで作次郎は遮った。

「いそがしいとか、いそがしくないとかいうことじゃないだろ？　おれに言いたくなかったんだ。そうだな？」

「……」

「なぜだね、みさちゃん」

「……」

「そうか、やっぱり言いたくないのか」

作次郎は気落ちしたように呟いて、足もとの小石を蹴《け》った。

「それで、肝心《かんじん》のことなんだが……」

「……」

「茂太となにかあったのか」

みさはうつむいたまま、沈黙を守った。茂太とのことは、あったことのようでもあり、そうでないような気もした。遠い昔のことのように思われた。

「そうか。やっぱりおらく婆さんが言ったとおりだったんだな」

「……」

「婆さんを飲み屋にやって、そのあと二人で寝たらしいと言ってたよ。おれはそんなことは信用したくなかったんだが……」

そうか、おらく婆さんはそこまで喋ってしまったのか、とみさは思った。顔がほてって、そのくせ暖かい日射しの中にいながら、背筋をしきりに寒気が走りすぎた。

みさはちらと眼をあげて、作次郎を見た。作次郎は日があたっている埋立ての方に顔を向けて、そこに群れをつくって飛んでいる海鳥を見つめていた。暗い横顔だった。

「はっきり言わなかったおれも、悪かったかも知れないが……」

作次郎はみさに顔を戻して、溜息《ためいき》をつくとそう言った。

「だが、言わなくともわかっていると思ったんだ」

「ええ、わかってました」

みさは呟くように言ったが、いきなり男の強い力で肩を摑まれた。

「じゃ、どうして茂太と寝たりしたんだ。え？　どうして」

男にゆさぶられて、みさの身体はぐらぐら揺れた。

「だって、ああするよりほかはなかったんです」

「なにを寝言を言ってるんだ」

作次郎は吐き捨てるように言うと、みさの肩から手をひいた。長い沈黙のあと、作次郎がぽつりと言った。

「これでおしまいだな」

みさは顔をあげた。そしてええと言った。

「それで、茂太と一緒になるつもりか」

「…………」

みさは激しく首を振った。作次郎は、そういうみさをまじまじと見つめたが、不意に苦笑した顔になった。

「女って、不思議だな」

むしろ快活な口調でそう言うと、作次郎は手をあげて、じゃと言い背をむけた。盲縞の長身の背が、いさぎよい足どりで遠ざかるのを、みさは立ちつくして見送った。自分が泣いていることに気づいたのは、作次郎の姿が崎川《さきかわ》橋を渡り、木場の方に小さく消えて行くのを眼で追っているときだった。

遠くで海鳥の啼《な》き声がした。埋立てわきの掘割の上に群れていた鳥が、海へ帰るらしかった。頬をつたわる涙をぬぐって、みさは歩き出した。後悔はすまい。後悔しては、茂太が可哀そうだと思っていた。


三月に入ったというのに、明け方から江戸に雪が降った。

主人夫婦や店の者に挨拶《あいさつ》して、みさは三好町の橋本を出た。雪は少しつもって、家の屋根や河岸の草地を白く覆《おお》っていたが、道は黒い地面があらわれて、歩き悩むほどではなかった。

茂太が風呂敷包みを持って送ってきた。

「このへんでいいのに。また店のひとに何か言われるわよ」

みさは途中で冗談を言ったが、茂太は黙って笑っただけだった。先に立って新高橋を渡ると、茂太はじゃ、ここから戻ると言って、みさに風呂敷包みを渡した。

「有難う。送ってくれて」

「店をやめて、これからどうするんだい」

「病人の世話よ。おっかさんが、自分も倒れそうだと泣きごとを言ってきたから、仕方ないの」

「……………」

「茂ちゃんとも、もうこれっきり会わないわ。なぜだか、わかるでしょ？」

「わかってるさ」

と茂太は言った。珍しくきっぱりした口ぶりだったが、みさを見た茂太の顔を、一瞬さびしげな表情が通りすぎた。

ひと月ほど前、作次郎は突然橋本をやめた。そしてそのあと、亀戸《かめいど》の方にある賭場で、作次郎を見かけたという者がいた。作次郎は酒気を帯び、それがはじめてではない手つきで金を賭けていたという。

作次郎がそんなふうになったのは、自分のせいばかりではないかも知れないという気がしたが、茂太とのことがなければ、少なくとも作次郎は、まだ橋本で働いていたはずだった。茂太にもそのことはわかっているようだった。

「しっかりね」

と言って、みさは茂太に背をむけた。雪はゆるやかに、しかしきれめなくみさのまわりに降りつづけていた。傘をさしていても、時どき風にあおられた雪片が傘の中に舞いこみ、みさの頬を濡《ぬ》らした。

まだ立って、こちらを見送っている茂太の眼を背に感じながら、みさは水たまりにふみこまないようにうつむいて歩きつづけた。

夕べの光

一

御簞笥町《おたんすまち》の角まできたとき、四、五軒先の駄菓子屋から、ぱっと子供が飛び出したのを、おりんは見た。

——幸助だ。

おりんは思わず立ち止まった。人気なく薄暗い町を、子供は背をまるめて走り、やがて途中の路地に曲がった。

子供が、何をやったかはもうわかっていた。店番のおよねという婆さんが、もうろくしているのにつけこんで、駄菓子をかすめ取ったのだ。前にも一度そういうことがあって、そのときはほかの子供たちと一緒だったが、さんざん叱りつけている。それなのに、性《しよう》こりもなく、またやったのだ。それも今度は一人で。

おりんは心が暗くなるのを感じた。駄菓子屋の店さきを通るときは、思わず足がすくむような気がした。そっと店の中を窺《うかが》ったが、暗い店の中には誰もいなかった。

――どうして、もっと用心しないのだろ。

おりんはうらめしくそう思った。勝手なうらみだとは思ったが、思わずそうぐちりたくもなる。

家の戸は開いていた。おりんは足音をしのばせて土間に入ると、がらりと上がり框《かまち》の障子をあけた。すると薄暗い部屋の隅にうずくまっていた幸助が、さっと立ち上がった。

「何してたんだい、お前」

「何もしてないよ」

幸助は身体をこわばらせてそう言った。だが後に回した手は、まだ何かをつかんでいる。ちょろまかした駄菓子は、ひと口や二口のものでなかったらしい。

おりんはカッとなって足を洗うのも忘れて部屋の中に踏みこんだ。

「持っているものを出しな、このあほう」

つかまえて、あばれる子供の手から、握っていたせんべいを取り上げた。

「これはどうしたのさ？　え？」

「もらったんだよう」

「この嘘つき」

おりんはぴしゃりと幸助の頬《ほお》を張った。

「ちゃんと見たんだからね。店からかっさらって逃げるのを。なんという情けない子なんだ、お前は」

もうひとつ頭を張ると、幸助は子供とは思えない力で、おりんの腕をふりもぎって逃げた。

「腹がへったんだよう」

幸助は土間まで逃げてそう言った。

「そうかい。腹がへれば、人さまの物を盗んでいいのかい」

「………」

「謝りな。こんどからあんなことしませんて謝らなきゃ、晩飯を喰わせないからね」

「………」

「おや、そんな眼ェして……」

おりんは土間に近づいた。すると幸助はすばやく入口まで逃げた。いやな眼つきでおりんを睨《にら》んでいる。

「悪いと思ってないんだね、お前。それじゃ晩ご飯はいらないんだね」

「いらねえや」

不意に幸助が叫んだ。

「ほんとのおっかあでもないくせに、いばった口をきくな」

言うと、入口から幸助の姿が消えた。走り去る小さい足音がした。

薄暗い部屋の中に、おりんはしばらく茫然と立ちすくんだ。

——誰がそんなことを教えたんだろ。

ようやく、日雇い仕事で重く疲れた身体を動かしながら、おりんはそう思った。台所の水瓶《みずがめ》から水を汲んで足を洗った。それから雑巾をきつくしぼって、茶の間の中の、さっき自分が歩き回ったあたりの畳を拭いた。

誰と言ったって、そういう事情を知っているのは、この同じ裏店《うらだな》の人間しかいないはずだった。誰のためにもならないことを、面白半分に囁《ささや》く人間もいるものだと思った。

行燈《あんどん》に灯を入れ、米をといで、晩飯の支度にかかった。だがなんとなく励《はげ》みが失われたようで、気持にはずみがなかった。

——生意気な口をきいて。

心の中で幸助を罵《ののし》ってみたが、それも勢いがなかった。何年もむだなことで日を暮らしてきたような、むなしい気分がこみあげてきた。

亭主の栄作が死んで一年半ほどになる。おりんは後妻で、幸助は栄作の先の女房の子だったから、おりんはほんとうのことを言えばそのときこの家と縁が切れたようなものだったのだ。

じっさいに大家の六蔵が、子供は子供で身の振り方を考えることにして、自分のことを考えた方がいいんじゃないかと言った。おりんは二十六だった。六蔵は、後添いの口ならまだある、という口ぶりだったのだ。

だがおりんはことわった。栄作に嫁《とつ》いで来たのは二度目だった。その前におりんは一度嫁に行き、やはり亭主に死なれていた。そして二度目の亭主にも死なれてみると、自分はそういうさだめの女だという気がしたのである。

ことわったもうひとつのわけは、やはり幸助がいることだった。おりんが来たとき、幸助はまだ乳のみ子だった。栄作の女房は、その乳のみ子を捨てて、ほかの男と一緒に逃げたのである。

おりんは、もらい乳《ぢ》しながら、夜は自分の懐に抱いて寝て、生んだ子のように幸助を育てた。父親が死んだからこの子はもともと他人、と置いてきぼりにするわけにもいかなかった。おっかあと呼ばれ、情もうつっていた。母親のつもりでいた。

――だが、なあーんてことはないじゃないの。

幸助は、まだ六つなのに、ほんとの母親じゃないなどという。これから先の長い月日が思いやられた。三十になり、四十になり……。

二

おりんが、かまどの火の前に、放心したようにうずくまっていると、若い娘の声がした。

「おりんさん、いる？」

土間に入ってきたのは大家の六蔵の末娘でおふじという子だった。十五で、まだ子供っ気の抜けない、気性の明るい娘だった。

「はい」

「今晩、ご飯が済んでから家に来てくれないかって。おとっつぁんが話したいことがあるそうです」

おふじは、おりんが立って行くと、土間からおりんを見つめて笑った。

「いい話よ」

「……………」

「おむこさんを世話するんだって」

「あら」おりんは赤くなった。

「こんなばあさんにですか」

「ばあさんなんかじゃないわ。おりんさんまだきれいよ」

おふじはまじめな顔で言い、じゃあとでね、と言って背をむけた。その背に、おりんはふと気づいて声をかけた。

「そのへんに、幸助いなかった？」

「いいえ」

おふじは首を振って、不審そうな眼をした。

「まだ帰らないんですか。もう暗いのに」

「え、暗くなってる？」

おりんはあわてて外をのぞいた。真暗だった。おりんは、不意に胸が早鐘《はやがね》を打つのを感じた。

おふじを帰すと、おりんはあわててかまどの火をほそめ、行燈の灯を吹き消して外に出た。裏店の路地の中は、家家の窓から洩れる光で、くまなく見えた。おりんはひととおり路地の中を端っこまで確かめてから、木戸を出た。すると外の暗さが、胸を重くつぶしてきた。

――どこへ行ったんだろ。

おりんは小走りに町の中を走った。付近の物陰や、寺の門前をのぞき、車坂の通りまで出て見た。だが、どこにも幸助の小さな身体は見つからなかった。なまあたたかい四月の夜の町はひっそりしていて、時どき提灯をさげた人が、無言で通りすぎるだけだった。

おりんはいったん裏店にもどった。だが家の中が出たときのままなのをみると、また家を走り出た。

「幸助ッ」

おりんは時どき町の角で立ち止まって、闇の中に呼びかけた。

――叩《たた》いたりしなければよかった。

疲れに打ちのめされて、おりんはそう思った。おりんは救いをもとめるように、遠く幡随院《ばんずいいん》の向い側に見えるあかりを目指して歩いて行った。そこに辻番所があるのを知っている。

——子供を見かけませんでしたか。

そう聞いてみようと思った。番人が探してくれるとは思わなかったが、聞いてみるだけでもいい。一人で心配している心細さにたえられなかった。

灯が見えると、おりんは小走りになった。そして不意に立ち止まった。番所のそばに幸助が立っていた。

おりんは忍び足に近寄り、とんぼをつかまえるように、後から幸助の袖を摑《つか》んだ。

「この、バカ」

おりんは幸助の頭を張った。すると幸助がおりんの手に縋《すが》りついてきた。おりんはもう一度したたかに子供の頰を張った。

幸助がしくしく泣き出した。だがそれでもおりんの手を放さなかった。幸助の手をひいて帰りながら、おりんはようやく興奮がさめてくるのを感じた。すると笑いがこみあげてきた。安堵《あんど》の笑いだった。身体の中のどこかがはずれた感じで、おりんはいつまでも笑いがとまらなかった。

さっきまであんなに心配して走り回ったのがバカらしく思えてきた。

母親は笑い、子供は泣きじゃくりながら夜の町を歩いた。

「お前、生意気なことを言うんじゃないよ」

漸《ようや》く笑いやんで、おりんは言った。

「あたしがおっかあでなかったら、どこにお前のおっかあがいるんだよ。お前を生んだ女は、あれはおっかあじゃないんだから。生みっぱなしで逃げて行ったんだからね」

「………」

「お前のおしっこだって、うんちだってみんなおっかあが始末してやったから大きくなれたんじゃないか。誰だい、ほんもののおっかあじゃないなんて言ったのは」

「みちのとこのおばあだよ」

「くそばばあ」

おりんは元気よく罵《ののし》った。

「こんないいおっかあがよそにいたら、お目にかかりたいもんだ」

おりんが言うと、幸助がくすぐられたように笑い出し、おりんの脇の下に頭をこすりつけてきた。

三

「突然でなにだが、話は早い方がいいと思ってね」

大家の六蔵は、その男をひきあわせるとそう言った。

三十過ぎに見えるその男は、にこにこ笑いながらおりんを見ている。山之宿《やまのしゅく》で小間物屋をしている柳吉という男だった。身なりはきちんとしていて、男にしては色が白すぎるようだったが、男ぶりは悪くなかった。

おりんは居心地悪く坐っていた。こんなことなら、もう少し小ざっぱりしたものに着がえてくるんだったと悔やんでいた。世話好きな六蔵が、また後添いの話でも聞かせるのだろうと、気軽に考えて来たのだが、まさか当人が来ているとは思わなかったのだ。

「柳吉さんは、小間物の背負い売りからはじめて、三年前には店を持った働き者でな」

「店たって、佐賀屋さん。こちらさんにくらべたら、小屋も同然の小さな家ですよ」

と男が言った。大家は佐賀屋といって、このあたりで大きな米屋だった。

「いやいや、それでもあんた、表に店を持つというのは立派なものです。ま、そういう働き者なんだが、どういうものか女房運が悪くて二度も別れている」

おりんは顔をあげて男を見た。柳吉という男は、やはりにこにこ笑いながらおりんを見ていた。

「おりんさんも、二度も亭主に死なれて、運がいいとは言えない。今度話がまとまれば三度目というわけです。三度目同士で、こりゃうまく行くんじゃないかと思いましてな。ま、今夜来てもらったわけですよ」

「でも、大家さん」

おりんはうつむいて言った。

「あたしにはもったいないような話ですけど、あたしはご存じのとおりコブつきで、日雇いで力仕事をしているような女ですし」

「ああ、そのことなら心配はない」

と六蔵は言った。

「そういう事情は、もう柳吉さんに話してある。みんな承知の上で、あんたに一度逢《あ》ってみたいというから、こうして話を出しているわけですよ」

「佐賀屋さんがおっしゃるとおりです」

と柳吉も言った。

「わたしも、二度も女房と別れていますから、浮いた気持などひとつもありません。気持のしっかりしたひとを頼みますと、佐賀屋さんにも頼んでおいたのですよ」

「…………」

「子供といっても、自分の腹をいためた子じゃないわけで、その話にもわたしは感心しました。ま、すぐに決めてくれとは言いませんが、ひとつ考えてくれませんか」

考えさせてくれ、と言っておりんは大家の家を出た。すると柳吉も一緒に帰ると言った。男と一緒に外を歩くなどということは、ひさしぶりのことだった。おりんは肩をすくめて歩いた。夜空はなまあたたかく曇っていたが、道はぼんやり見えた。

「あんたが、気に入りましたよ」

裏店の近くまで来たとき、それまで黙っていた柳吉が、不意にそう言っておりんの手を握った。思いがけないすばやい動作で、おりんは拒《こば》もうとしたが、男の手にがっちりつかまっていた。

「人が来ますから」

「人なんか来ませんよ、おりんさん」

柳吉はそう言い、力を入れておりんを引き寄せようとした。おりんは、今度は必死にあらがった。きまり悪いよりも、軽い恐怖にとらえられていた。それまでおとなしく、尋常《じんじょう》だった男が、急に牙《きば》をむいたような気がした。ようやく男の手からのがれた。

その背に、柳吉の声が追いかけてきた。

「考えておいてくださいよ。二、三日のうちに返事を聞きに行きます」

おりんは、それには返事をせずに、いそいで裏店の方に歩いた。木戸まで来て振りむいたが、男が追って来た様子はなかった。

家に入って行燈に灯を入れ、寝間をのぞいた。幸助は行儀悪く夜具をふみ抜いて眠っていた。その足を夜具の中に入れてやってから、おりんは行燈のそばにもどって、崩れるように坐った。

不意におりんはくすくす笑った。

——あのひと、気を悪くしたかしら。

小娘じゃあるまいし、あんなにあばれることはなかったのだ、と思った。

おりんは箪笥《たんす》の上から手鏡をおろすと、髪をなでつけて鏡をのぞいてみた。まだ少しは若さと色気を残している女の顔が、青黒い鏡面の底にうかんでいた。

——こんな話は、これでおしまいかも知れない。

そう思った。おりんは日雇い仕事にやとわれて、上野の山内《さんない》の草むしりをしたり、寺院の石垣修理の仕事で、もっこで石運びをしたりしていた。栄作が病気で寝こんでからこっち、二年もそういう仕事をしてきて、外で働くのは何とも思わないが、時どきどうしようもないほど疲れる。

残っている若さなどというものは、そうしてとりあえず今日明日の喰うことにかまけてあくせく働いている間に、あっという間に衰えるのだ。いまに、誰も声などかけなくなる。そして三十になり、やがて四十になり……。

相手は幸助もろとも引き取ろうと言ってくれている。自分を気に入ったらしいし、行けば小商人だろうが何だろうが、かみさんと呼ばれる身分におさまれる。たぶん、こんないい話は、二度とないのだ。おりんは、心が急速に縁談に傾くのを感じた。帰りの夜道で、急にいどみかかってきた男のことを考えたが、その性急さを許していた。

四

おりんは男を待っていた。時どき眼をあげて、入口を見た。

上野広小路の水茶屋の中で、こんなところにきたのはひさしぶりだと思っていた。蒔絵《まきえ》職人だったはじめの亭主と、上野の桜を見た帰りに一度寄って、お茶を飲んだことがある。

——あれは十七のときだった。

若くて、きれいだと人にも言われたものだが、あれから十年たつとおりんは思った。おりんはあたりの客が、自分を見ていないのを確かめてから、そっと膝《ひざ》の上の指を見た。

指は荒れて、太くなっていた。おりんはその指を袖の下に隠した。

——おそいこと。

日射しが傾き、光が弱くなっている。店の中が、少しずつ人がすいて行くのは、日暮れが近づいているからだった。

おりんは少し気持がいら立つのを感じた。幸助のことも心配だった。子供には黙って出てきている。夕方までには戻れるだろうと思っていたのだ。

だが、いら立ちはそれだけではなかった。柳吉という男が、少しわからなくなっていた。大家に呼ばれて、引き合わされたあと、柳吉は二度、三度と裏店をたずねてきた。熱心だった。おりんは承知の返事をした。

柳吉は喜んで帰ったが、それっきりふっと顔を見せなくなったのである。だまされたかな、と思いはじめたゆうべ、近くまで来たから寄ったと言って姿を見せ、今日ここで会おうと言ったのである。飯でも喰いながら、祝言の打合わせでもしようというのだった。

いまさら祝言でもあるまいと思ったが、そう言われてみると、男が十日近くも姿を見せなかったのは、そんな支度に駆け回っていたのかとも思われた。

おりんは昨夜、湯屋に行き、今日は日雇い仕事を休んだ。そして男が言った時刻よりも早めに来たのである。だがさっき、上野の鐘が鳴って、約束の時刻はとっくに過ぎたことを知らせていた。

茶屋の女中が、わざとのようにおりんの顔を見ながら、前を通りすぎた。長っ尻《ちり》の客として目立ちはじめているに違いなかった。おりんは居心地悪く坐っていた。男はもう来ないかも知れないと思いはじめていた。

そう思うと、いろいろと不審なところが思いうかんでくるようだった。柳吉は、おりんが承知の返事をしても、それで佐賀屋に顔を出しに行こうとは言わなかったし、山之宿にある店に来いと、誘いもしなかったのだ。何度か裏店にきたが、子供がいるのを知っていながら、手みやげひとつ持ってくるでもなかった。男の正体が、急にぼやけてくるのを感じた。山之宿で小間物屋をやっている男だということは、大家に聞いただけで、のぞきに行って確かめたわけではない。

おりんがぼんやりそんなことを考えていると、不意に入口から男が入ってくるのが見えた。柳吉はいそぎ足に近づいてきた。そうして人の中で見ても、柳吉は風采《ふうさい》のいい男だった。

——帰らないでよかった。

おりんはほっとしてそう思った。やはりいつの間にか今度の縁組に心を惹《ひ》かれていた。

「やあ、済まなかった。すっかり待たせてしまった」

柳吉は大声で言い、注文を聞きに来た女中に、すぐに出るからお茶はいらない、と言った。外へ出ると、日が落ちるところらしく、町の上に赤い空がひろがっていた。

「いや、出ようと思ったら客がきて、それがお馴染《なじみ》だから、振り切ってくるわけにもいかず往生《おうじょう》した」

柳吉は言いながら、三橋《みはし》を渡って不忍《しのばず》ノ池の方に歩いて行く。男がどこへ行こうとしているのか、およそ察しはついたが、おりんは黙ってうしろからついて行った。

思ったとおりだった。男は仁王門《におうもん》前町まで行くと、急に無口になって、あたりを見回し一軒の出合茶屋《であい》と思われる家に入った。池のむこうの町の上に、夕焼け空がしぼみかけているのを見ながら、おりんも後に続いた。

「祝言といっても、大っぴらにやっちゃきまり悪いようなものだから、佐賀屋さんを呼んで、あとはお隣にでも来てもらってすましちゃおうと思うんだが」

男は簡単な酒肴《さけさかな》を運ばせてから、そう言った。そして自分は手酌《てじやく》でつぎ、おりんにも盃《さかずき》を持たせて酒をついだ。

「あたしは、それで結構ですよ」

「身よりは？　伯母さんがいると聞いたが、呼ばなくともいいかな」

「ええ、もう何年も会っていませんから」

品川に伯母がいる。だが不しあわせだと身内にも会いたくなく、栄作が死んだときにも知らせなかった。また嫁に行くなどと言ったら、伯母はわけがわからずにびっくりするだろう。

「そりゃ簡単でいいや」

と柳吉は言った。柳吉はおりんがつぐ間もなく、早い手つきで盃をあけていた。そして不意にお膳《ぜん》を片よせると、尻をすべらせておりんを抱きに来た。祝言の打合わせなどは口実だと悟っていたので、おりんはさからわなかった。酒くさい唇に口をふさがれ、裾《すそ》をさぐられながら、男の胸の下で横になった。

長い間、男にもてあそばれたようだった。まだ目まいのような感覚が、身体の中を駆けめぐっていた。だがそれは不快な感じではなかった。男は、おりんがもてあそばれていると感じたほどしつこく身体に執着《しゅうじゃく》したが、乱暴ではなかった。

おりんは横になったまま、まだ眼をつぶっていた。目まいのような感じが少しずつ遠のき、かわりに恥ずかしさが身体をほてらせてくるようだった。こうしてまた、男と女の夜がはじまるのだ、と思っていた。

「え？」

おりんは男が何か言ったのを聞きとがめて、眼を開いた。眼が充血しているのが自分でわかった。眼を開くと、自分がまだ恥ずかしい恰好のまま横になっているのに気づき、あわてて起き上がると、裾を直した。

「子供のことだよ」

「子供がどうしたんですか？」

柳吉は膳の前に戻って、魚をつついていた。

「あんたの子というわけじゃないんだから、あれはいいんじゃないかね」

「いいって、どういうことですか」

おりんは髪をなおしていた手をとめた。

「だからさ」

柳吉はおりんを見た。酔いで真赤な顔が、少し醜《みにく》く見えた。

「赤の他人なんだから、このさいどこかにくれてやるとか」

「幸助をですか」

おりんは、急に身体が寒くなるのを感じた。じっさい少し唇がふるえた。

「でも、子供も一緒に引き取ると、言ったじゃありませんか」

「言ったよ。だけど正直なことを言えば、あんたは気に入っても、子供まで気に入ったわけじゃない」

そうか、返事したあとで、男の態度があいまいになったのは、そのせいだったのかと思った。だがそれならそれで、こんなところに連れこむことはないのだ。はじめからはっきり言ってくれればいい。話がそういうことなら、返事は別になる。

そう思ったとき、腹をすかせて帰りを待っているに違いない幸助の姿が、はっきり眼にうかんできた。

「卑怯《ひきょう》だよ、あんた。いまごろそんなことを言うなんて」

「卑怯と言われると困るけどな」

柳吉は薄笑いして、銚子《ちょうし》をさかさに振ると、盃にわずかな酒をしたたらせた。

「だけどどう考えても、赤の他人に飯くわせるのはぞっとしないからな」

「わかりました」

おりんは姿勢を改めた。

「このお話はないものにして頂いて結構です」

「おりんさん」

男はまた尻をすべらせてきた。

「あんたには来てもらいたいんだよ。ガキは困るというだけで、あんたにはひと眼みたときから惚れているんだ」

「だから、それならそうと……」

おりんは男がのばしてきた手を振りはらって立ち上がった。

「はじめから言ってくれれば、話ははっきりしてたんですよ。あたしはべつに、あんたに惚れちゃいませんから。見損わないでくださいよ」

「ほう、えらい言いようだな」

柳吉は鼻白《はなじろ》んで言った。おりんは構わずに入口に歩いた。

「おい。身体まですっかり見せちまった女が冷たいもんじゃないか」

男が喚《わめ》くのに、耳をふさぐようにして、おりんは手荒く襖《ふすま》を閉めると廊下に出た。外に出ると、町はすっかり暗くなっていた。

――みみっちい男だ。

おりんはこみ上げてくる怒りのために、走るような足どりになって、夜の道をいそいだ。いい年をして、まんまとだまされて男と寝てしまったような気がした。その恥ずかしさが、男に対する怒りをあおり立てた。

だが不意に、胸に寂寥《せきりよう》が生まれたのは、上野の山下のあたりを歩いているときだった。これでたぶん身を固める最後の話が流れたのだ、という気がした。柳吉という男も、べつに腹黒い人間というわけではないだろうとも思った。小心で、少しケチな、世間にはざらにいる男の一人に過ぎないのだ。蒔絵師だった亭主にしろ、手間取職人だった栄作にしろ、べつに立派な男というわけでもなかった。

――一緒にというのは、やっぱり無理なんだね。

おりんは溜息をついた。しかし、だからと言って、幸助をどこかにくれてやって、自分だけ片づくというのは、いかにも気がすすまなかった。

そうすることには、いままでやってきたことがまるでムダで、一からやり直すという感じがある。一からやり直すほどの元気もないが、乳のみ子の幸助を、ともかく六つになるまで育てた日日が、まったくムダだったと思いたくなかった。疲れもしたが張り合いもあったのだ。まんざら赤の他人じゃない。そう思う気持があって、いままで暮らしてきたのだ。

——子供はいらないと言われて、そうですかとは言えないよ。

おりんはそう思い、ようやくそれで気持の決着がついた気がした。

裏店に戻ると、自分の家だけが真暗なのに胸を衝《つ》かれた。急に不安がこみ上げてきて、おりんはあわてて家の中に入り、子供の名を呼んだ。返事がなかった。

おりんはうろたえて、あちこちにぶつかりながら茶の間に入り、行燈に灯を入れた。幸助は、隣の寝部屋との境の襖に、身体を押しつけるようにして眠っていた。

おりんはためいきをついて、子供の顔をのぞいた。ほっぺたに泣いたあとがくっきりとついている。

——これだからね。

子供は手放して、自分の身のふり方だけを考えるなんて出来っこない。捨てられた小犬のような、汚れた顔と小さな身体を見ながら、おりんはそう思った。

ゆり起こされて、幸助はきょとんとおりんの顔を見た。そして不意に眼をいからした。

「どこへ行ってたんだよう」

言った尻から、さっきまでの心細さを思い出したらしく、ベソをかいた。

「ごめんよ。こんなにおそくなるつもりじゃなかったんだよ」

「腹へった」

幸助は立ち上がると、甘えるようにもたれかかってきた。

「すぐご飯たくから。おっかあだって腹へってるんだから、少しがまんしな」

台所に立ちながら、おりんはいつもの変哲《へんてつ》もない夜が戻ってきたのを感じた。

五

ひと月ほどして、おりんは思いがけなく阿部川町にある呉服屋に、通い女中で勤めることになった。

柳吉との一件は、出合茶屋のことを抜きにして、大家の六蔵に残らず話したが、大家がそのことを気の毒がって、新しい仕事を世話してくれたのである。

大家が知り合いだというその呉服屋は、住みこみの婆さん女中と通いの女中を置いていたが、若い女中が急に嫁に行って、後釜《あとがま》を欲しがっていたのだった。

朝家を出て、夕方は晩飯の支度が終れば帰ってよかった。掃除、洗濯、飯の支度と、仕事は結構いそがしかったが、日雇いの力仕事にくらべれば楽だった。手間もよく、天気を心配することもない。

——これで病気さえしなければ、暮らしの心配はない。

おりんはそう思い、せっせと通った。身ぎれいにして町を歩いていると、ついこの間まで埃《ほこり》にまみれてもっこをかついでいたりしたことが嘘のように思われた。

暑い夏がやってきたある日、おりんは帰りの道で意外な人間に会った。柳吉だった。

柳吉はおりんを見つけると、立ちふさがるようにゆっくりやってきた。色の白い顔に、薄笑いがうかんでいた。その笑いを見て、おりんは思わず顔が赤くなるのを感じた。その男との間に、何があったかを思い出したのである。

だが動揺はすぐにおさまった。近づいてくるのは赤の他人だった。行きずりに袖をふれ合ったぐらいの人間でしかない。おりんはひややかな気分で男を見た。

「しばらくだね、おりんさん」

「……………」

おりんは返事をしなかった。立ち止まったが迷惑そうな顔をつくった。じっさい迷惑だった。

「しばらく見ないうちに、若がえってきれいになったじゃないか」

「なにか、用ですか」

「用てことじゃないが、ひさしぶりだから、そのへんで……」

柳吉はきょろきょろとあたりを見回した。

「お茶でも飲もうか」

「いえ、あたし急いでいますから」

「また、そんな冷たいことを言う」

柳吉はそばに寄ってきて、袖をつかまんばかりの身ぶりを示した。

「ちょっと広小路まで行こうじゃないか。話もあるし……」

「あたしは話なんかありませんよ」

おりんは強い口調で言った。まただまされてなるものか、と思っていた。

「まあそう言わずに。あのときは私が悪かったよ。だからお詫びを……」

「お詫びなんかいいんですよ。過ぎたことですから」

おりんは思わず後じさりし、あたりを見回した。男の眼に、変にしつこいいろを見て、軽い恐怖に襲われていた。

二人が立っているのは正行寺《しょうぎょうじ》門前の新濠端《しんぼりばた》で、暗くなりかけた時刻のせいか、ばったり人影がとだえていた。走り出したりしたら、いきなり男が襲いかかってくるような気がした。

おりんはなだめるように言った。

「もうあたしは気にしていませんから」

「それはありがたい。それじゃ改めて話をしようじゃないか」

「なんの話ですか。まだなにかあるんですか」

「わかってるじゃないか」

不意に柳吉は身体をすり寄せて、おりんの腕を摑んだ。

「放してくださいよ」おりんは身ぶるいして、低く言った。男の表情の中を獣めいた光が走ったのを見のがさなかった。

「放さないと、大きな声を立てますよ」

「いいじゃないか、なあ」

柳吉は強引に摑んだ腕をひっぱろうとした。おりんが必死の力を出してあらがったとき、うしろから声がした。

「何してるんだね」

振りむくと、若い男が立っていた。おりんはあらと言い、柳吉が手を放した隙に、男のうしろに逃げた。若い男は新蔵と言い、呉服屋の手代をしている男だった。

「何してるんですか、あんた」

新蔵は、柳吉とむかい合う形になると、改めてそう言った。落ちついた口調だった。

「このひとは、私の店で働いているひとですが、変な真似はやめた方がいいな」

「変なことなんかしていないよ。私の知り合いだから、お茶でも飲もうかと誘っただけだ」

「腕をつかんでいたんじゃないですか」

新蔵は嘲《あざけ》るように言った。

「行きたくないのを、無理にひっぱっているように見えましたがね」

新蔵はおりんを振りむいて、そうだろと言った。おりんはうなずいた。

「行きたくないそうだ。無理なことはやめた方がいいな」

柳吉は黙って新蔵をにらみつけたが、無言で見返している新蔵に気圧《けお》されたように背をむけた。捨てぜりふも言わなかった。

柳吉の姿が、本願寺の方に曲がるのを見て、おりんは新蔵に礼を言った。

「べつに、礼なんか言わなくともいいよ」

新蔵はぶっきらぼうに言った。新蔵は無口な男だった。呉服屋の手代というより、職人のように浅黒い精悍《せいかん》な顔をしている。おりんは、台所に飯を喰いにくるのを見るだけだが、これまで話したことはなかった。年は二十三、四にみえる。

「どうだね。店の方は馴れたかね」

門跡《もんぜき》前通りに出たとき、新蔵は立ち止まってそう言った。

「ええ、おかげさまで」

「あんたにちょっとした頼みがあるんだが、聞いてくれないかな」新蔵は、光るような眼でおりんを見つめてそう言った。

六

前は納戸《なんど》に使ったらしい三畳の部屋を、おりんは使っていいと言われていた。その店に三十年も勤めているという、婆さん女中のおつねはべつに部屋をもらっていた。それで、仕事が一段落したとき、おりんはその三畳で手足をのばし、家から持ってきた幸助の着物をつくろったりする。

その押入れの隅に、時どき風呂敷包みが置かれている。細長い包みだった。おりんはその包みを家に持って帰る。おりんが帰るのは、たいがい夕方で、それも裏口から帰るから、誰にも見咎《みとが》められることはなかった。

するとその夜、遅くなって新蔵が裏店へ来てその品物を持って行く。上にはあがらないで、時どき百文、二百文と駄賃を置いて行った。

中身はキズ物だと新蔵は言っていた。そういう品は、端《は》ぎれにして売りに出したりもするのだが、結局売れ残って店の者でわけたり、古くなったものは二足三文で屑《くず》屋にはらい下げている。だから時どき持ち出して、茶屋勤めの女たちに安く売りつけたりして、小遣い稼ぎをしているのだという話だった。大ぴらには出来ないが、みんなやっていることだとも新蔵は言った。

店に内緒のことをするのは気が咎めたが、若い者が小遣いを欲しがる気持もわかった。どうせあとで捨てるようなものなら、持ち出したって、そう罪にもならないだろうと、おりんは軽く考えた。しかし店の者に見つからないように用心した。いつの間にか共犯者の気持になっていた。中身に不審な気持を持ったのは、二日続けて、少しかさのある品物を頼まれたときだった。

おりんは家に戻り、晩飯をすませて、幸助を隣の部屋に寝かせてから、行燈の下で風呂敷包みを解いた。中身を疑ったのははじめてだった。

やがておりんは茫然と顔をあげた。中身は上等の紬《つむぎ》一反だった。キズ物でも端ぎれでもなかった。

――こんなものを持たされていたのだ。

おりんは寒気がした。泥棒の片棒をかつがされていた驚きがあった。いままで誰にも見つからなかったのが不思議だと思った。

その夜新蔵が来たとき、おりんは入口に出て行って言った。

「話がありますから、上がってくださいよ」

新蔵は土間から光る眼でおりんを見上げたが、黙って茶の間に上がった。そしてそこにひろげてある包みをみると、坐りながら言った。

「見たのか」

「ええ、見ましたよ」

「………」

「あんたねえ。なにも知らない女だと思って甘く見ないでくださいよ」

おりんは低いがきつい声を出した。

「これじゃ誰がみたって泥棒じゃありませんか。あたしは駄賃をもらって、泥棒の片棒をかつぐような女じゃありませんからね」

「……」

「こんなことをいつまでつづけるつもりなんですか。いまに番頭さんにもなろうというひとが、よくこんな情けないことが出来ますね」

「済まなかったよ、おりんさん」

顔をあげた新蔵がそう言った。その顔にちらと苦笑がうかんだ。

「だがおれ、番頭にはなれそうもないな」

「どうして？」

「賭《か》けごとにはまっちまってね。店の金を使いこんでしまっている」

「あんた、博奕《ばくち》を打ってるの」

おりんは傷《いた》ましそうに男を見た。眼の前の男が、同じ店の手代というよりは、ただの身持ちの悪い若者に見えてきた。

「おりんさんに頼んだもので、博奕のもとでを作っているんだ。なに、一度大勝負をやって取り返すつもりだ」

新蔵は不敵な顔をした。

「あんた、よしなさいよ。そんなことで取り返せるもんですか。みんなそうやって傷を大きくするだけなんだから」

「大丈夫だ。いままでだって、ただまき上げられていたわけじゃない。大もうけしたことだってあるんだから」

新蔵は憑《つ》かれたような眼でおりんを見た。そして不意に若い男が年上の女に哀願《あいがん》する口調になった。

「たのむよおりんさん。眼をつぶってもう二、三度頼まれてくれないか。それで金が出来るんだから」

「だめだめ」

おりんは手を振った。

「知らないから出来たんだよ。知っちまったら、こわくてそんなこと出来やしませんよ」

「頼まれてくれよ」

新蔵はにじり寄っておりんの手を握った。

「元手にするにはまだ足りないんだ。もうちょっとなんだ、な？」

「手を放して」おりんは囁《ささや》いた。

「頼みを聞いてくれたら放すよ。な、助けてくれよ。金を返せるか、縄つきで店からつき出されるかの境目なんだ」

「……」

「使いこみがバレたら、それでおしまいだ。首が飛んじまう。だからいまのうち何とかしなくちゃならないんだ。それを考えたら夜も眠れないぜ。こんなこと喋《しゃべ》るのは、あんたにだけだが」

「ちょっと待って」おりんは新蔵の胸を手で押した。そして新蔵をじっと見た。

「仕方がないひとね」

おりんはこわばった笑いをうかべた。いままでのようにやるしかないのだ。

「出来るかどうかわからないけど、やってみるよ。でも、もしや見つかっても、あんたに頼まれただけで、あたしは中身を知らないんだからね。それでいいでしょ？」

「それでいい。あんたはいいひとだ」

新蔵はおりんをじっと見つめたが、じゃと言って立ち上がった。おりんも立ち上がった。すると入口まで出たとき、新蔵は振りむいて不意におりんを抱いた。

小柄なおりんの身体は、すっぽり新蔵の胸の中に入ってしまって、おりんは口を吸われていた。

「だめ」

おりんは手を突っぱって離れようとしたが、若い男の力で軽がると部屋の中まで運ばれていた。おりんを押し倒しながら、新蔵は行燈の灯を吹き消した。

「子供が眼をさますから」

おりんは哀願するように囁いたが、男の手はもう乳房を探っていた。若い男の身体に火がついたのをおりんは感じ、闇の中で四肢の力をぬいた。

七

「どうだね、野郎から便りはねえかい」

と、たずねてきたその男は言った。血色のいい顔を光らせた中年男だった。喜平という岡っ引である。

「便りなんか、あるはずがありませんよ、親分さん。あたしのとこへ来たってムダですよ」

「ムダなことがあるもんかい」

喜平は一瞬けわしい顔をした。

「新蔵がここへよく来てたのはわかってるんだ。人間追われていると、必ず女が恋しくなるもんだ」

「でも、あれからひと月たちますよ」

とおりんは言った。

新蔵が突然店から姿を消してから、ひと月ほどたつ。そのあとの店のさわぎを、おりんははらはらして見守ったが、間もなくさわぎは静まった。店にしきりにその筋《すじ》の者が出入りしていたようだが、おりんが調べられるようなことはなかった。

おりんがほっと胸をなでおろしたころ、喜平がやってきたのだった。どこからか、新蔵がおりんの家に出入りしていたのを聞き込んだらしかった。だが喜平は、おりんが新蔵の盗みに手を貸したことまでは知らないようだった。情婦とみているようだった。喜平がくると、おりんは恐ろしさに鳥肌が立つ。

「ひと月だろうが何だろうが、野郎はまだ江戸の中にいるんだ。外へ出た形跡は無《ね》え。だからここへ立ち寄る見当ははずれちゃいねえつもりだ」

「………」

「いいな。来たらひきとめとくんだ。そしてその子を……」

喜平はおりんのうしろを指さして立ち上がった。寝部屋の入口に、幸助が立って二人を見ていた。

「ひとっぱしり自身番に走らせろ。黙って逃がしたりしたら、あとが面倒なことになるぜ」

喜平は軽く凄味《すごみ》をきかせて出て行った。

「いまのひと、だれ？」

おりんが茫然とあとを見送っていると、幸助が言った。その声に気づいて、おりんはお前まだ寝てなくちゃだめじゃないか、と言った。

幸助が風邪をひいて、ひどい熱を出したので、おりんは昨日一日店を休んだ。熱は昨夜のうちにはさがり、子供は朝になってお粥《かゆ》をたべたが、おりんは大事をとって、今日も午《ひる》すぎには暇をもらって帰ってきたのである。

「そんな恰好をして起き出してくると、また熱が上がるよ」

「あのおじさん、だれ？」

幸助は執拗《しつよう》に言った。子供心に二人のやりとりの異様さに気づいたらしかった。

「誰でもいいの。人を探してんだってさ」

「ふーん」

「さ、寝た、寝た」

おりんは立って行って、幸助の小さな尻を叩いて寝床に追いやった。

台所に行って、おりんは米をとぎ、さっき店の帰りに買ってきた菜をきざんだ。だが、半分ほど菜をきざんだところで、おりんは包丁の手を休めて考えこんだ。

——無事に逃げてくれればいい。

新蔵のことをそう思っていた。大勝負で取り返すなどと言ったが、そんなことがうまく行くはずはないとおりんは思っていたのだ。それでもその後、品物を持ち出すのに手を貸したのは、追いつめられて行き場を失っている若者が、あわれでならなかったのだ。

あのあとも、新蔵は夜忍んでくると、おりんを抱いて帰った。絶望的な荒荒しい抱き方だった。新蔵にも破滅が見えていることは明らかだった。そして、そういう明日知れない情事は、おりんを不思議なほど深みにひきこんで行ったのである。

「あんたも、かわいそうなひとね」

おりんは男の頭を抱きしめて、そう口走ったりした。だがそうしていながら、その情事が明日にも終るだろうと考えていたのだ。

男が姿を隠したとき、おりんはそれで男とのつながりが切れたと思った。淡い淋しさを感じたが、ほっとした気分も強かった。そのときになって、新蔵という若い男とのつながりが、危険でこわいものだったことを思い出したようだった。気持がさめてみると、身ぶるいしそうなこわさがあった。男にひきこまれて、いつの間にか高いところに張られた綱を渡っていたのだ、と思った。

——来やしないよ。

とおりんは思った。惚れあった仲などというものではなかった。心細くてすがりついてきた男を、ちょっとの間、抱いてやっただけのことにすぎない。

おりんがまた包丁を鳴らしはじめたとき、入口に人が入ってきた気配がした。おりんはどきりとして、あわてて立って行った。

二十《はたち》前後の若い男が立っていた。新蔵ではなかった。

「あんた、おりんさん?」男は囁いた。おりんがうなずくと、男はさらに声をひそめた。

「兄貴に頼まれて来たんだ。おれと一緒に行ってくれないか」

「無茶言っちゃいけないよ」

おりんは叱るように言った。男が言っている兄貴というのが、新蔵のことだということはすぐにわかった。

「この家は見張られてんだよ。さっきも岡っ引が来てたんだから」

「そうか」

男は首をかしげたが、すぐに言った。

「いま、兄貴はつい近くまで来てるんだ。浄蓮寺《じょうれんじ》の裏手の方にお堂があるのを知ってんだろ。そこへ行ってくれよ」

「そんなこと出来やしませんよ」

「兄貴は今夜江戸を出るつもりだ。やっと手はずがついたんだ。ぜひ会いたいと言っている」男は一方的に言うと、じゃ伝えたぜと言って家を出て行った。

おりんはしばらく板の間に坐りこんでいたが、急に立って茶の間に入ると、鏡を出して髪をなでつけた。紅《べに》をつけようかと思ったが、出しただけでやめた。出来るだけ、なに気ないふうにして出ないとまずいのだ。

「どこへ行くの？」うしろから幸助が聞いた。幸助はいつの間にか起き出してきて、おりんが鏡をのぞいているのをじっと見ていた。

「ちょっとそこまで買物。すぐ戻るから、おとなしく寝ていな」

おりんは上の空で言った。ひと目会う気になっていた。岡っ引の喜平はああ言ったが、新蔵から何か便りがくることはないと思っていたのだ。その便りが不意にきた驚きがあった。驚きだけでなく甘く心をくすぐられていた。男は危険を覚悟で、近くまで来ているのだと思った。

おりんは家を出ると、しばらく町の中の店が並んでいるあたりをぶらついた。日暮れ近いそのあたりは、夜のおかずを買う客で混んでいた。それとなくあたりを見回したが、見張っている人間は見当らなかった。

おりんは少しずつ町を抜け、御切手町《ごきって》に入ると細かい路地をいそぎ足に歩いた。浄蓮寺と鬼子母神《きしぼじん》の間を抜けると、眼の前に夕日に照らされた入谷田圃《いりやたんぼ》がひろがった。そして道ばたにぽつんと庚申《こうしん》のお堂がある小さな木立が見えた。稲の穂が一面に光っているだけで、人影は見えなかった。

木立の前で、おりんはもう一度あたりを見回し、それから走るように木立に入った。するとお堂の横手から新蔵が姿を現わした。一人だった。顔色は青白く、少し痩《や》せたようだった。新蔵は黙って笑った。おりんは叱りつけるように言った。

「あぶないじゃないか。こんな明るいうちに人を呼び出したりして」

「いそいでいるんだ。今夜江戸を出る」

「聞いたよ。気をつけてね」

おりんは懐をさぐって、家を出るときに包んだ金を新蔵に握らせた。すると新蔵がその手をつよくつかまえた。

「一緒に行ってくれないか、おりんさん」

「バカなことを言うんじゃないよ」

「江戸を出たら、どこかに落ちついて、出直すつもりだよ。あてはある。そこで二人で暮らそう」

「行けるわけがないでしょう？　あたしは子持ちなんだから」

「あんたの子じゃないだろ。あんたがいなくなっても、誰かが面倒みてくれるさ。な、一緒に行ってくれ」

だめ、とおりんは言ったが、男に握られた手はそのままにしていた。新蔵とすごした幾夜かの記憶がよみがえっている。男に、こんなふうに言われることは、もう二度とないだろうと思っていた。

「そのつもりで支度してるんだ。このまま、行こう」

「いますぐ？」

江戸を逃げて、男と二人ひなびた道を歩いている自分を思い描いてみた。べつの世界がその前にひらけていた。江戸にいても、べつに楽しいことがあるわけではない。

「いそいでいるんだ。さあ行こう」

「待って」

何かひどい忘れ物をしているような気がした。おりんは男の身体をよけて、木立の入口の方を見た。すると、そこに幸助が立っているのが見えた。幸助は二人を見てじっと立っていた。

「だめよ」

おりんは男の手をふりほどき、静かに身体を押しのけた。急速に気持が冷えていくのがわかった。

「あれを見て」

おりんがそう言うと、新蔵も振りむいて幸助を見た。新蔵は顔をゆがめたが、それだけで何も言わなかった。

新蔵の姿が、人眼をしのぶ足どりで正覚寺《しょうかくじ》の方に消えるのを、おりんは見送った。

「だめじゃないか、起き出してきちゃ」

おりんは幸助を叱った。幸助は青い顔をしていた。

「あのおじさん、だれ？」と幸助は言った。

「誰でもいいよ。お前にもおっかあにもかかわりのないひと」

おぶってやろう、と言ってしゃがむと、幸助は素直に背に乗ってきた。

――夢みたいなことを考えても、しようがないものね。

幸助を背負って、夕ばえに照らされた田圃道を歩きながら、おりんはそう思った。子供の身体は軽かった。母親が見てやらなければ、どうしようもない軽さだった。

遠い少女

一

町のどこかで三味線の音がしている。二上がりの高い音色で、微《かす》かだが唱声《うたごえ》も聞こえた。

——新内流しか。

と鶴蔵はぼんやり思った。もう五ツ半（午後九時）を回ったはずだが、町はまだどことなくざわめき、歩いている路地の底には、昼の間の暑熱《しょねつ》が淀《よど》んでいる。そのざわめきの間を縫うようにして、新内語りの声が聞こえてくる。微かな唱声だが、艶のある男の声が胸に沁《し》み通るようだった。

近年は、本職の新内流しにまじって、声自慢の素人《しろうと》が新内を流して歩くことがはやっている。鶴蔵と同業の井筒屋の倅《せがれ》などもその一人で、去年の夏に、このあたりでばったり会ってびっくりしたことがある。由太郎というその井筒屋の倅は、浅黄《あさぎ》の帷子《かたびら》に黒紗《くろしゃ》の羽織、雪駄《せった》履《ば》きの姿に頬かむりという粋ななりで、三味線弾きの若い女を連れていた。鶴蔵をみると、本職の芸人のような口をきいた。これでは井筒屋が、倅が肝心《かんじん》の店の仕事にはさっぱり身を入れないと嘆くのも無理はない、と鶴蔵はそのとき思ったものである。

だがいま鶴蔵が、聞こえてくる新内流しの唱声から由太郎を思い出し、歩きながらぼんやり考えていることは、人間には、ああいう生き方もあるのだ、ということだった。その思いには、微かな羨望《せんぼう》の気持がまじっていた。

五年前の鶴蔵は、そうは思わなかっただろうし、遊芸に溺《おぼ》れて、商売を顧みない由太郎に、人ごとながら眉をひそめたに違いなかった。

鶴蔵の父は、木場の材木屋に車力《しゃりき》で働いていた。夏の日盛りは、上半身裸で、冬も襦袢《じゅばん》ひとつで、山のように木材を積んだ大八車を曳《ひ》いて江戸の町を歩いた。鶴蔵は、父親のようにはなりたくなかった。十二のときに、神田横山町にある才賀屋という小間物屋に奉公に出ると、懸命に働いた。そのまま二十五年才賀屋に奉公し、番頭も勤めたあと、暖簾《のれん》をわけてもらって、深川の熊井町に小間物の店を出した。その間に女房をもらい、子供が二人いる。

振りかえると、単純だが真直ぐな一本の道がみえた。その道を歩いて、いまの場所まで来たことに、鶴蔵はほぼ満足していた。店を持ったころ、鶴蔵は時どき女房のおなみに、辛かった小僧奉公のころの思い出話を聞かせたりした。そういうとき鶴蔵は、いまは二人だけとはいえ奉公人を使い、旦那と呼ばれる身分になった自分自身を、撫《な》でまわすような眼で見つめていたのである。不満はなかった。

商《あきな》いの信用がつき、店はだんだんに繁昌《はんじょう》していた。二十五年才賀屋に奉公している間に摑《つか》んだ商売のコツが、鶴蔵の思うがままに商いの上に生きはじめていた。女房のおなみはおとなしい女で、二人の子供は素直で丈夫に育ち、家の中の煩《わずら》いもなかった。

その鶴蔵が、ごく稀《まれ》にだが、いまのように人間の別の生き方といったものに心をとらわれるようになったのは、四十を過ぎてからだった。もっとくわしく言えば、四十二の厄年《やくどし》を迎えた三年前ごろからである。

一軒の店の主になった鶴蔵は、同業のつき合いとか、あるいは仕入れ先の人間をもてなす必要があったりして、時どき小料理屋や茶屋で酒を飲むことがあった。そういうとき鶴蔵は、自分をいかにもそういう場所にふさわしくない人間のように感じるのだった。一緒に飲んでいる人間は、大方は大そう場馴れしていて、酌取りの女を相手にうまい軽口を叩いたり、三味線にあわせて渋い喉を聞かせたり、合間に女の手を握ったりする。

鶴蔵には、そういうことが出来なかった。ただにこにこ笑いながら、相手と女を眺めて盃《さかずき》を口に運ぶだけである。女がそばに坐って、わざと膝をぶつけたりすると、それだけで身体《からだ》が固くなった。たまにぎこちない冗談を口にしたりしても、それを受けた女が、いかにも大げさな笑い声を立てたりするのを聞くと、すぐに疲れてしまった。

こちら、ほんとにお固いんですね、と何年たってもそう言われた。でもあたいは、まじめなひとが好きさ。そう言って酔った女がしなだれかかってくる。鶴蔵はにこにこ笑いながら、その肩を抱いてやる。そうしながら女の嘘が見えていた。そのきれいな女は、野暮天《やぼてん》の中年男を、どう扱っていいかわからずに当惑しているのだった。

しかし、そんなふうだからといって鶴蔵は、それで足しげく茶屋に通って女の扱いをおぼえたり、端唄《はうた》を習ったりして、酒席で女にもてたいということを考えているわけではなかった。

ただそういうとき鶴蔵の頭をかすめるのは、やりようによっては、こんなふうでない四十五の自分だってあり得た、というふうなことだった。器用に端唄を唱ったり、何気ないふうに女の指をまさぐったりしている自分がいたかも知れない。そう思う気持には、僅かだが悔恨《かいこん》が含まれていた。

そうなりたかったと、痛切に思っているわけでもなかった。脇目もふらずに歩いてきた一本の道がある。鶴蔵はその道からはみ出したことがなかった。女遊びも知らず、酒も飲まなかった。女房のおなみが、鶴蔵の触れた最初の女だったのである。それだから一軒の店を持てたのだが、それとは違う別の道を歩きたかったと、はっきり思うわけではなかった。

悔恨は、かりにいま、そういうことを考えても、もはややり直しがきかない場所にきてしまったという思いから生まれた。その気持は、なぜか年年強まるようであった。時にはその思いのために、以前はかがやくようにみえた自分の歩いてきた道が、日がかげったように色あせて見えることさえあった。それは鶴蔵が四十半ばになって、行く手に老いと死が見え隠れするのに気づいたせいかも知れなかった。歩いてきた道を、そのまま歩いて行くと、そこに死がある虚《むな》しさを見たせいかも知れなかった。

だが今夜、妙にあの新内語りの声と三味線が、胸に沁みるようなのは、きっとあのことのせいに違いないと鶴蔵は思っていた。品物の仕入れの相談があって、才賀屋の番頭と飲んださっきの小料理屋で、鶴蔵は三十五年ぶりに、ある一人の女の消息を聞いたのである。

「おこんさんてひと、おぼえていますか」

と酌取りに出たおまつが言った。おまつは二つ年下で、同じ町内で生まれた女だった。鶴蔵が、はじめてこの小料理屋に来たとき、むこうから声をかけてきて、それからは、鶴蔵が来ると、ほかに用があっても一度は小座敷に顔を出して酒の酌をし、昔の話などするようになった。おまつは近くの裏店《うらだな》に住んでいて、大工の手間取りをしている亭主の稼ぎがすくないのを、小料理屋を手伝って補っていた。

おまつにそう言われたとき、鶴蔵はおぼえている、と言った。実際、すぐに色白でふっくらとした顔立ちをした少女のことを思い出していた。

「あのひと、どうしているかね」

「それがねえ……」

おまつは浅黒く扁平《へんぺい》な顔に、気を持たせるような表情をうかべて、鶴蔵を見、不意に別のことを言った。

「あのひとを、好きだったでしょ？」

「そんなことはない」

鶴蔵は言ったが、少し顔が赤くなったようだった。ほう、粋な話になりましたな、と言って才賀屋の番頭が、鶴蔵に酒を注いだ。

そんなことはない、とおまつに言ったが、鶴蔵は嘘をついたわけではなかった。子供のころにも周囲からそう言われ、そんなことはないと言った。そのときと同じあいまいな気持があった。

鶴蔵が住んでいた御舟蔵前町《おふなぐらまえ》の裏に、中英寺《ちゆうえいじ》という曹洞宗《そうとうしゆう》の寺があった。その寺に深見《ふかみ》清左衛門という中年者の浪人が寄寓《きぐう》していて、半年ばかりの間、町の子供を集めて寺小屋を開いたことがある。深見は親たちが何かお礼を持参すれば黙って受け取ったが、お礼を出さなくとも読み書きを教えたので、界隈《かいわい》からかなりの子供が集まった。

子供たちの中で、鶴蔵とおこんの出来が目立って、しばしば深見にほめられた。そういう二人を、子供たちはすぐに結びつけて、鶴蔵はおこんが好きで、おこんは鶴蔵が好きなのだとはやし立てた。そうした子供たちの気持の中には、子供なりの嫉妬《しつと》と羨望が働いていたようである。だが実際には、鶴蔵は一度もおこんと口をきいたことがなかった。

おこんは同じ御舟蔵前町にある小さな蠟燭《ろうそく》屋の子だった。しかし蠟燭屋の夫婦が生んだ子供ではなく、蠟燭屋の弟夫婦の子供だということだった。鶴蔵は、そのことを自分の母親から聞いたのである。おこんは、事情があって、三年前から血縁である蠟燭屋に来ているのだった。

色が白く、ふっくらとした頰に淡い血の色をうかべ、無口なおこんは、やはりよその町から来た子という感じがした。着ているものも、鶴蔵やおまつなど裏店の子たちとは違う身ぎれいなものを着て、寺小屋にくるときのほかは、町に出て子供たちと遊ぶということもなかった。

鶴蔵が、おこんと口をきかなかったのは、おこんは表店《おもてだな》の子で、身分が違うという気持も働いていたが、やはりほかの子供たちに並べてはやされたせいだったかも知れない。鶴蔵は、おこんを無視し、時にはわざと避けるようなことをした。鶴蔵は十一だったが、十一の子供なりに、無責任な噂に対する反撥《はんぱつ》があった。

しかし鶴蔵は、おこんが嫌いなわけではなかった。気持のどこかに、自分とおこんは、ほかの子供たちと違い、特別なのだという感じがあった。そしてその気持は、二つ年下のおこんにもわかっているに違いないという気がした。そう思いながら、鶴蔵は相変らずおこんを無視し、あるときほかの子と話しているおこんが不意に笑顔になり、ふっくらした頰にえくぼが出来たのを見たばかりで、罪を犯したようにあわてて眼をそらしたりした。

「あんた、おこんさんに会ったのかね」

と鶴蔵はおまつに言った。おまつの表情は、おこんの消息を知っていることを示していた。懐かしかった。

「そうなの。この間ばったり会ったのよ」

「どこで？」

「すぐそのへんよ」

おまつは簾《すだれ》を下げてある窓の方を指さした。

「もう、いいおかみさんになっているだろうな」

「それがさ。びっくりしないでね」

「………」

鶴蔵はおまつを見た。何を言うつもりかと訝《いぶか》しい気持になっていた。

「おこんさん、そこの裾継《すそつぎ》で働いているんですよ」

「裾継？」

鶴蔵は手にしていた盃を膳《ぜん》に戻した。不意に頰を打たれたような衝撃があった。女遊びには縁のない鶴蔵にも、そこがどういう場所であるかはわかっている。男たちは、いま鶴蔵が飲んでいる仲町や櫓下《やぐらした》、その裏手の裾継に、ただ酒を飲みにくるわけではない。女の肉を買いに来るのである。

「そうじゃありませんよ」

おまつは、鶴蔵の顔色を読んで言った。

「まさか芸者やお女郎をしているわけじゃないんだけど、ま、お店で働いてんですけどさ」

「………」

「だけど、あとで人に聞いた話ですが、ちょっといかがわしい店なんですよね、そこが……」

「つまり、客と寝るわけかね」

「そう。それに、これも後で耳に入ったことなんですけど、おこんさん、どうやら悪い虫がついているらしいですよ」

馬道通りに出て、大鳥居の方に歩きながら、鶴蔵はそう言ったときのおまつの、勝ちほこるようだった表情を思い出していた。おまつは多分、おこんに会ったあと、朋《ほう》輩《ばい》や知り合いにただしてそこまで調べたのだ。残酷なことをする、と鶴蔵は思った。

だが、他人の不幸を確かめないではいられないのは、おまつ自身が、あまりしあわせではないからだろう。

——やはり、一度会うもんだろうか。

鶴蔵は、おまつからその話を聞いたあとで、幾度となく繰り返した自問を、また心の中で揺り起こしてみた。

おこんのような人間は、年頃になればさっさといいところに嫁に行って、それで縁がなくなった筈だった。そうだとばかり思い、たまに思い出すことがあっても、自分の身にひきつけて考えたことなど、一度もなかったのだ。

だが、おまつの話を聞いたあとでは、おこんは、どうしても一度会ってみたい女に変ったようだった。色が白く、無口で賢かったおこんが、いま岡場所の片隅で働き、時には男と寝たりしているらしいということには、奇妙に鶴蔵の心を惹《ひ》きつけるものがあった。しかも四十三のおこんには、まだ定まった亭主もなく、ひものような男がいるのだという。そこには、おこんを捉《とら》えているなみなみでない愛欲の匂いがする。

会って、そういうおこんと自分も寝てみたいと考えているのではなかった。おこんが、鶴蔵が考えていたような商家の内儀でなく、何になったのか確かめてみたい気持が動いていた。そう思うのは、おこんがしたいことをして生きている女のように見えるためかも知れない、と鶴蔵は思った。あのおこんに、どうしてそんなことが出来たのか。

――会えば、面倒なことになるかも知れない。

鶴蔵をためらわせているのは、その恐れだけだった。おこんのひもだという男がこわかった。会って、もし妙なことになったりすれば、ただでは済むまい。だがそうやって用心して、おこんに会わなくとも、また味気ない日が続いて行くだけのようにも思えた。

丁度櫓下まで来たとき、路地から馬道通りに出てきた男がいた。男はちらと鶴蔵を見たが、鶴蔵が頭をさげたのに挨拶《あいさつ》を返すでもなく、顔をそむけていま鶴蔵が来た方角にむかって、すたすたと歩いて行った。

水底《みなそこ》にいるように、町は青い月の光に包まれていた。その光で男の顔がはっきり見えた。同じ熊井町に住む、音次という岡っ引だった。三十過ぎの人相の険《けわ》しい男である。

――この深夜にどこに行くのか。

と鶴蔵は思った。音次に会ったために、次におこんのことを思い出したのは櫓下を過ぎてからだった。

二

馬道通りから稲荷《いなり》横町に入ると、音次はその奥をさらに左の路地に入りこんだ。月の光も射さない暗くて細い路地だった。路地の空気は湿っぽく、微かに小便臭い匂いが漂っている。

傾いた板戸を引いて、音次は一軒の店に入りこんだ。するめを焼く匂いと煙が音次の鼻を襲った。音次は眼を伏せて奥の方に行くと、蓋《ふた》が割れている樽に腰をおろし、飯台《はんだい》に肱《ひじ》をついて、改めて店の中を眺め回した。

板場から、灰色の髪をした年寄が首を突き出して、音次を見ている。探るような眼の色だった。

「酒をくれ」

音次は低い声で言うと眼を伏せた。客は、六十ぐらいのよぼよぼの爺さんが一人、相撲取りのように肥った中年男、それに板壁に寄りかかるようにして、こちらを眺めている若い男二人。それだけだった。

相撲取りのような体格の男は、職人らしく腹がけをしていた。腹がけが不恰好に大きいのは、自分の家で作らせたのかも知れなかった。突き出した腹を包んで、まだ布が余っているので、男の身体はよけいに大きく見えた。

男はかなり酔っていて、時どきぶつぶつと何か呟《つぶや》きながら、眼をつむって身体を前後に揺すった。すると飯台と樽が一斉にきしみ、音次に酒を運んできた亭主が、気づかわしげにそちらを振りむいた。

「俺にもするめを焼いてくんな」

と音次は言った。亭主はへえ、と言ったがすぐには立ち去らずに、音次の盃に一杯酒をついだ。

「お客さんは、このご近所のひとで？」

「何度同じことを聞くんだね」

音次は静かに言った。

「お前さん、おとといもそう聞いたぜ。俺はこの先の島田町の者だよ。この店が気に入ってきてるんだ。なにか文句があるかね」

いいえ、とんでもありません、と亭主は言った。すると板壁にもたれて音次を眺めていた二人がくすくすと笑った。音次がそちらを見ると、二人はあわてるふうもなく、ゆっくり身体を回して音次に背をむけた。その姿勢のまま、二人は頭をつけ合うようにして、また笑った。耳ざわりな笑い声だった。

一人は二十《はたち》になったかならずといった年ごろで、もう一人は、あきらかに二十前の、子供でもなく大人でもない顔をした男だった。年上の方が丸顔で、若い方は頬がこけていたが、二人とも物を見るように人を見る眼をしていた。

——気をつけなきゃいけねえのは、あの二人だけだな。

と音次は思った。大きな身体をした男は、ただの職人のようだったし、隅の方に酔いつぶれているよぼよぼの年寄も、べつに怪しい人間には見えなかった。

入口の戸が傾き、赤提灯《あかぢょうちん》も出ていないここを飲み屋だと知って、路地の奥まで入りこんでくる人間は、そう多くはない。博奕《ばくち》打ち、こそ泥、かたり、拐《かどわか》しなど、浮世の裏の仕事で飯を喰っている男たちか、鼻がきく近間の飲み助かに限られる。

そして近所の飲み助たちは、ここがある種類の男たちのたまり場になっていることに気づいていないはずだった。気づけば、ただでは済まないのだ。灰色の髪をした一癖ありげな顔の亭主が、大男と年寄に飲ませているのは、この二人が、店にとって無害な人間だと見きわめがついているからだろうと音次は思った。

音次は、用心深くほんの少し啜《すす》った盃を下に置くと、するめを裂いて嚙んだ。するとと入口から誰かが入ってきた気配がした。音次はうつむいたまま、するめを嚙み、また盃に手をのばした。見なくとも、いま入ってきた人間が、こちらをじっと見ているのがわかる。

職人ふうの大男が、また身体をゆすっているらしく、ぎちぎちと飯台がきしんだ。そして新顔の客が、低い声で亭主と話す声が聞こえた。そのときになって、音次は顔をあげて新しい客をちらと見た。一瞥《いちべつ》で沢山だった。客は三十半ばのがっしりした体格の男だったが、蠟燭《ろうそく》の光に浮かび上がった横顔には、なみなみでない荒《すさ》んだいろが貼《は》りついている。音次にこの店の張り込みを命じた南町奉行所の同心篠崎《しのざき》良助が、人を殺すことなんざ、なんとも思わねえ連中がとぐろを巻いている店だ。気をつけな、といったそういう種類の男だった。

男が振りむく寸前に、音次は眼を伏せて、手に持ったするめを裂いた。少し胸の動《どう》悸《き》が高まっていた。男が、まだこちらを見つめているのがわかる。

その男が、篠崎が言う徳次郎という男かどうかは、わからなかった。年恰好は似通っていて、伸びたさかやき、こけた頬のあたりも篠崎が言った男に似ていた。だか徳次郎は、色白で身体つきのほっそりした男だとも、篠崎は言ったのだ。いま無気味にこちらを見つめている男は、身体つきが違うようでもあった。

――女が来れば、わかることだ。

と音次は思った。徳次郎は人を刺して殺して、江戸の町のどこかに潜《ひそ》んでいるが、そろそろ金がなくなって浮かび上がってくるころだった。姿を消してからひと月近く経つ。

また潜《もぐ》るにしろ、高飛びするにしろ、どっちみち野郎は金が要る。女を見張っていれば、必ず現われるさ、と篠崎は言い、音次はそれ以来徳次郎の女を見張っていて、半月ほど前からこの店のことも知った。だが、徳次郎はまだ姿を見せていなかった。

女は、馬道通りの北側にある、表向きは小料理屋で、中身は淫売《いんばい》宿のような一軒で働いている。住みこみで、自分の住む家はなかった。音次が見張りについてからしばらくの間は、女は昼の間に、ほかの女たちと外に買物に出る程度で、ほかは若菜というその小料理屋から一歩も外に出なかった。

その女が、急に毎晩若菜を抜け出して、この店にくるようになったのは、ここ半月ばかりのことである。大ていは夜遅く、町木戸が閉まる僅か前に来て、すぐに慌《あわただ》しく帰って行く。女を跟《つ》けてきて、音次はこの店のことを知ったのだが、初めの間はここが飲み屋になっていることがわからなかったのである。

篠崎はさすがにこのあたりを見回る定町廻《じょうまちまわ》りで、ここがどういうたちの店かよく知っていた。

「徳の野郎も、年貢の納めどきだぜ。あいつは鼠《ねずみ》みてえに用心深い奴だから、あれ以来女に便りをしてねえのだ。だから女があわてているのさ」

見張ってろ、必ずその店に野郎が現われるから、と篠崎は言ったのである。

店にいる連中に怪しまれないように、音次は徳利を一本空け、新しく酒を注文した。亭主は酒を運んでくると、何か言いたそうに、いっとき音次の前に立ち止まったが、黙って板場に戻って行った。まだ音次の正体がつかめないのが不安なのかも知れなかった。

――そう簡単に正体が知れてたまるかい。

音次は心の中で嘲《あざけ》り笑った。音次は十手《じって》を持っていなかった。このあたりは縄張り違いで、知った顔に出会う恐れが少なかったが、万一岡っ引だなどということがわかれば、殺されるかも知れないのだ。十手のかわりに、篠崎の許しをもらって懐に匕首《あいくち》を呑《の》んでいる。篠崎は、使うなよと言ったが、音次はいざというときにそれを使うつもりだった。殺《や》らなければ殺られる世界に踏みこんでいることがわかっていた。彼らは岡っ引という名前や十手に恐れ入るような連中ではないのだ。

徳次郎の情婦のことを考えている間に、音次の脳裏を、不意に別の女の顔が横ぎった。それはさっき櫓下で擦《す》れ違った小間物屋の女房の顔だった。おなみという名で、いい女だった。

五、六年前、音次ははっきりとある邪《よこしま》な気持を抱いて、小間物屋を訪ねたことがある。鶴蔵というさっきの亭主が、家を出るのを見とどけてから行ったのである。買物ではなく、調べがあると言って、十手を出して見せた。おなみという女房に隙《すき》があるようだったら、調べにかこつけて奥に入りこみ、犯すつもりだった。

そういうふうにして犯した女が、四、五人いたが、女たちは十手を恐れて、誰もそのことを外に漏《も》らさなかった。それどころか、ある年増の後家などは、たった一度の情事ですぐに情婦気どりになったものである。音次は役得だと考えていた。三十を過ぎて、まだ独り身だが、いつも女に不自由はしていない。だが、おなみという小間物屋の女房は、音次に隙を見せなかった。

ありきたりの調子で、雇人の身許調べをしただけで、音次は小間物屋を出た。そのときには、店に入るとき身体が膨《ふく》らむほどだった欲望が、すっかり萎《な》えていた。

——来た。

戸を開けて入ってきた徳次郎の情婦をみながら、音次はさりげなく盃を置き、するめを裂きながら板場を見た。

三十半ばの、ふっくらとした顔の女だった。色白で、眼が黒黒と濡《ぬ》れてみえ、荒い稼ぎをしている女には見えない。だがその女が篠崎と言う徳次郎の情婦なのだ。女が、板場のすぐ前に坐っている男に話しかけるか、どうか。音次は息をつめて見守った。

だが、女は三十半ばのその男を、軽く一瞥しただけだった。すぐに板場をのぞき、亭主と小声で二言、三言話すと、出口に向かった。女の横顔に、はっきり落胆のいろが浮かぶのを音次は見た。女は今夜も徳次郎に会えなかったのだ。

——今夜はこれでおしまいだ。

女が出て行くのを見届けると、音次は残っている酒を大いそぎであけ、熱かんで一本くんなと言った。

三十半ばの荒んだ顔の男と職人が出て行き、亭主が、酔いつぶれている年寄を起しにかかったのを見て、音次は漸《ようや》く立ち上がった。すると、板壁によりかかっていた若い男二人が、振りむいて音次を見送った。音次は気づかないふりをして勘定を済ませ、外に出た。戸を閉める寸前、若い男二人が奇声をあげて笑い出す声を聞いた。

三

鶴蔵を、二階に上げると、肥って背の低い女は行燈《あんどん》に灯を入れた。照らし出されたのは、ところどころ壁が剝《は》げ落ちている、陰気くさい部屋だった。

「おひとりですか」

膝をついた女が、そう言った。顔も膝も丸い三十前後の女だった。

「ひとりですよ」

「ではお酒を持って来ますけど、どなたを呼びますか」

「どなたというと？」

「津の国屋か、田原屋か、どこかお馴染《なじみ》さんがいるんじゃございませんか」

女は訝《いぶか》しそうに鶴蔵を見て言った。鶴蔵は赤くなった。うろたえていた。

「いや、そういうひとはいないんだ」

「………」

「じつはね、お姐さん。あたしは、この家にいるおこんさんというひとに会わせてもらいたい、と思って来たんだが……」

「あら、おこんさんに？」

「そういうことは出来るもんかね」

「ええ、構いませんですよ」

顔の丸い女はそう言ってうなずいたが、急に満面に淫《みだ》らな笑いをうかべた。

「旦那、おこんさんをご存じなんですか」

「いや、そういうわけでも……」

「いいですよ、隠さなくっても」

女は少し出っ歯気味の、丈夫そうな歯をむき出して笑った。すると眼尻におどろくほど沢山の皺《しわ》が現われた。

「おこんさん、人気があるからね。隅におけないよ、このひと」

女は突然ぞんざいな口調になって、立ち上がりざまにどんと鶴蔵の肩を打つと、部屋を出て行った。

鶴蔵は、女が出て行ったあとの障子を、茫然と見つめて坐っていた。ひどく落ちつかない気分になっていた。その気分の底には、微かな後悔《こうかい》が含まれている。

落ちつかないのは、第一に、こちらがおぼえていても、むこうが自分のことを忘れているかも知れないという危惧《きぐ》のためだった。なにしろ三十年以上も昔のことである。おこんが僅か半年ほどの寺小屋時代のことを忘れてしまったとしても、ちっとも不思議ではないのだ。そして、あのときこちらがひそかに好意を持っていたとしても、おこんの方ではどう思っていたかわからないことだった。

おこんが、昔のことをすっかり忘れていたとしたら、この面会は無意味で、みじめなものになるだろう、と鶴蔵は思っていた。そう考えると、三十年も昔のことを後生《ごしょう》大事に持ち回って、こんな場所に坐っている自分が、滑稽《こっけい》でいたたまれなくなるようだった。

そして、もし昔のことを憶えていたとしても、四十を過ぎてこんな場所で働いている自分を見られることを、おこんは喜ばないかも知れないという心配もあった。恥をかかせに来た、と誤解するかも知れない。

——やっぱり、来るんじゃなかったか。

いまのうちなら逃げ出せる、と思い、そうかといってその決心もつかず鶴蔵が、落ちつきなく坐っていると、廊下に足音がした。

「こんばんは」

低いが澄んだ声と一緒に、白っぽい浴衣《ゆかた》に大柄な身体を包んだ女が入ってきた。女は部屋に入ると、改めていらっしゃいましと挨拶し、廊下に置いた膳と酒の用意を馴れた手つきで運び入れ、鶴蔵の前にならべた。その間鶴蔵は固くなって女のすることを見つめた。

「おひとつ」

と言って、鶴蔵に盃を持たせて注ぐと、女は改めて正面から、鶴蔵を見た。黒眼がちの眼で、まじまじと見られて、鶴蔵はまぶしそうに眼を逸《そ》らし酒を含んだ。顔が赤くなるのがわかった。

「お客さん、あたしをご存じの方だそうですね」

おこんは微笑した。するとふっくらとした頰にえくぼが現われた。鶴蔵は胸を射抜かれたような気がした。眼の前にいるのは、しっとりと、しみひとつない肌をした大柄な女だったが、間違いなくおこんだった。

「ああ、そうです」

「あててみましょうか」

おこんは首をかしげるしぐさをした。どうみても四十には間がある、三十半ばの女に見えた。

「そんなことをおっしゃって、あたしをたずねてくるひとは、一人しかおりませんもの」

「………」

「鶴蔵さんね、おひさしぶり」

おこんは、そう言うと首をすくめていたずらっぽく笑った。若わかしいしぐさだった。

「………」

鶴蔵は声が出なかった。こんなふうにおこんの口から自分の名前が出てくるとは、夢にも思わなかったのである。沢山言葉をつらねて、そのはてに、どうにか思い出してもらえば本望《ほんもう》だといった気持だったのだ。おこんの言葉で三十五年前の中英寺の光景が、あざやかに甦《よみがえ》るようだった。

鶴蔵は、おこんに盃をさすと、黙って酒をついだ。おこんは、細い両手の指先でうけると、きれいに乾《ほ》して盃を返したが、一瞬仰《あお》のけに喉《のど》を見せたとき、白い大きな鳥が天を仰いだように見えた。

「よくわかったね」

と鶴蔵は言った。年甲斐もなく声が少し顫《ふる》えた。

「あたしは、とてもすぐにはわかってもらえないだろうと思っていたのだが」

「そりゃ、すぐにわかりましたよ。昔、ずいぶんはやされた仲ですもの」

おこんは酌をしながら、鶴蔵の眼をのぞきこんでくすりと笑った。

「あのとき、あたしはうれしかったんですよ、とっても。鶴蔵さんはご迷惑だったかも知れませんけど」

「迷惑だなんて、あんた」

私はあんたを好いていたのだ、と喉もとまで言葉が出かかっていたが、鶴蔵はそれを言えずに口籠《くちごも》った。

「おまつさんに、あんたのことを聞いてね」

鶴蔵は話を変えて、自分がどうしてここにくるようになったのかを話した。おこんは首を傾けて、にこにこ笑いながら聞いている。おまつの名が出ても、動じる様子もなく、頬に時どきえくぼが現われたり消えたりした。

おこんが、今の境遇を恥じたりしてみせないのが気持よかった。おこんはみじめどころか、女の稔りのさ中にいて、自信に溢《あふ》れているように見えた。

「ありがとう、鶴蔵さん」

鶴蔵が話し終ると、おこんはしんみりした口調で言った。

「もう、あたしのことなど、誰もおぼえていちゃくれまいと思っていましたよ」

「………」

「こんな商売をしてますからね。忘れられた方が気が楽かも知れませんけどね」

「………」

「でも、鶴蔵さんには時どき思い出してもらいたいと思っていました。あたし、これまでとっても不しあわせでしたから」

おこんは、鶴蔵の眼をのぞきこむようにして言った。妖艶《ようえん》な眼だった。

「おこんさん」

鶴蔵は手をのばして、おこんの手を握った。少し汗ばんでいるしなやかな指だった。若い者のように昂《たか》ぶった気分に支配されていた。おこんの今の境遇のことも、ひものような男がいると言ったおまつの言葉も、鶴蔵はほとんど忘れかけていた。

「不思議ね」

鶴蔵に手をゆだねたまま、おこんは謎めいた微笑をうかべた。

「あたしたち、あのころには一度も話したりしたことがなかったのにね」

この女とは、深間《ふかま》にはまることになるかも知れない、と鶴蔵はちらと思った。だがその流れに、もう身をゆだねている自分を感じた。いつも途中から引き返したが、引き返せないこともあるものだな、と思っていた。

四

音次は、なめるようにして、少しずつ盃の酒を減らしていた。音次のひとつ前の飯台には、二十四、五の若い男がいて、丹念にするめを裂いている。小肥りの血色のいい若者だった。酒はそんなに飲んでいないようで、時どき入口の方を振り返るのが、落ちつきなく、目ざわりだった。

その男のほかに、壁ぎわにいつもの眼つきの悪い二人がとぐろを巻いていて、職人ふうの大男がいた。遅くまでいて酔いつぶれてしまう爺さんのかわりに、今夜はその席に身なりの粗末な夫婦者のような男と女がいる。その男と女は、二人とも険しい人相をしていたが、女の方は、ことに凶悪な人相をしていた。二人は飲みながら、時どき鋭い早口で口論をした。ひとしきりお互いに罵《ののし》り合うと、また黙黙と肴《さかな》を喰い、盃を口に運ぶ。

職人ふうの大男は、今夜も十分に酔っていて、眼をつぶって突き出た腹の上に指を組み、不意に思い出したように身体を前後にゆすった。すると飯台と樽がぎちぎちと悲鳴をあげ、そのたびに板場から亭主が首を突き出して、気づかわしげに飯台の方を眺めた。

——来たぞ。

音次は盃を持ち上げて口に運びながら、さりげなく入口の方に眼を移した。入口を背にして、徳次郎の情婦が立っている。大柄で、顔立ちがふっくらとした色っぽい女だった。女は立ったまま店の中を見回している。だが見回したところで、これだけの人数だった。

――また無駄足だったぜ。

そう思ったとき、板場から顔を出した亭主が何か言い、うなずいた女がつかつかと奥に歩いてきた。音次は盃を置いて、思わず身構えるように上体を起こしたが、女は音次を目ざしてきたのではなかった。ひとつ前の席に、背をむけて坐ると、小肥りの若者とむかい合った。

音次は、ゆっくり徳利を傾けて酒をつぎながら、全身を耳にした。

――そうか。徳次郎は来ないで、使いをよこしたのか。

女が鋭い早口で、若者になにか問いただしている。それに答える男の声はぼそぼそしていて、ほとんど聞きとれなかった。

え？　それでいま、どこにいるのさ、と女が言い、それに答える男の声に、音次は顔を突き出すようにして耳をそばだてたが、男の声ははっきりしなかった。困っている、とか金がとかいう言葉が、切れ切れに耳に入ってくる。間違いなく、男は徳次郎がよこした使いだった。

篠崎が予想したように、徳次郎はいよいよ金につまって、女に連絡をつけてきたのだ。

「ばか言っちゃいけないよ」

不意に女が普通の声音《こわね》で言った。少し酔っている声だった。男がシッと言ったが、女はほんの少し声を落としただけだった。

「あたしに二十両の金が作れるわけはないだろ。二両か三両ていうならともかくさ。そんなことはタケちゃん、あんただってわかってるだろ」

「しかし兄貴はほんとに困ってるんだ。頼れるのは姐さんしかないと言ってる」

男の方が用心深く、囁《ささや》き声で言ったが、音次はうつむいて盃をなめながら、その声を聞いた。一杯ご馳走になるよ、と言って女が男の酒を飲んだ気配がした。それから女はしばらく黙ったが、やがてぽんと手を叩いた。

「待って。何とかなるかも知れないよ、タケちゃん」

「本当か」

「いま、鴨《かも》が葱《ねぎ》しょって寄ってきてんだよ、あたしにさ」

女はくつくつ笑った。それからのび上がって男の耳に顔を近づけると、何か囁いた。するとと男もくすくす笑った。

「もう寝たのかい」

「ばか言うんじゃないよ。そんなことしたら、あのひとが嫉《や》くじゃないか」

男と女は、それからまた小声に戻ってしばらく話し、やがて女が先に帰った。男が立ち上がり、外に出るのを確かめてから、音次も勘定を払って後を追った。

月は半月だったが、空はきれいに晴れていて、町は十分に明るかった。細い路地の暗がりのむこうに、稲荷横町の通りが、水底のように青く見える。男がその光の中に出て、魚が泳ぐように左に折れたのが見えた。

音次は小走りに路地を駆けた。あの男の後を追って行けば、うまくいくと徳次郎が隠れている場所に連れて行ってもらえるだろうし、そううまくいかなくとも、男を捕えて吐かせることは出来る、と音次は思っていた。

だが、稲荷横町を出たところで、音次は不意に前後を、二人の若い男に塞《ふさ》がれていた。月の光に照らされて、にやにや笑っているのは、飲み屋で、いつも板壁に貼りつくようにして飲んでいる二人だった。

「どきな」

と音次は言った。

「お兄さんよ、あんた何者だい」

と前に立った一人が言った。年上の方の男だった。

「岡っ引だろ。そうじゃねえのかい」

「そうさ、岡っ引さ。匂いでわかる。臭え犬の匂いがする」

と、もう一人が歯をむき出すような言い方をした。

「そんなもんじゃねえ。どきな、おれは家へ戻るんだから」

音次が強引に前に出ると、男がすばやく飛びさがって懐から匕首を出した。後をみると、頬の瘦《や》せた若い男も腰を落として匕首を構えていた。

「家へ帰るって？　そいつはおかしかねえかい、方角が違うぜ」

やろ、後を跟《つ》けたな。音次はかっとなった。後を跟けられたいまいましさと、仕事を邪魔された腹立ちが一緒になっていた。二人を甘く見ていた、と思った。匕首を構えている二人は少しも酔っていないようだった。

「どっちから帰ろうと俺の勝手だ。邪魔するんじゃねえぜ。若えの」

音次が凄《すご》むと、二人はくすくす笑った。そして、いきなり後の男が斬りかかってきた。音次は身体をねじって躱《かわ》したが、袖《そで》を斬られていた。

「こいつは犬だぜ。消しちまえ」

斬りかかった男が、すばやく身をひるがえしながら喚《わめ》いた。

音次は、懐から匕首を摑《つか》み出すと鞘《さや》を捨てた。懐かしい手触りが伝わってきた。音次は篠崎に拾われるまで博奕打《ばくち》だった。博奕打ちにも好きな女が出来て、一緒に暮らそうと思っていた矢先に女が夜道で、犯されて死んだ。篠崎がその事件を扱ったのだが、音次は役人に頼らずに単身で犯人を追いつめ、刺した。同時に博奕から足を洗って、岡っ引に変ったのである。

十年以上も前のことで、死んだ女の面影も記憶から薄れたが、その時の凶暴な怒りだけは、まだ生きていた。

「いい恰好しやがって、屑《くず》野郎め」

音次は歯をむき出して罵《のの》しった。

「手加減はしねえぜ、おい」

男たちが、ぎょっとしたように顔を見合せた隙に、音次は吸いつくように右側の男に擦《す》り寄ると匕首を突き出した。男は飛びさがったが躱《かわ》しきれずに腿《もも》を刺されて悲鳴をあげた。だが刺されながら、男は匕首をふるい、もう一人の頬のこけた男も、背後から音次を襲ってきた。

肩口を斬られたらしく、左肩から腕にかけて痛みが走ったが、音次は逃げずに身体を沈めて、ぶつかってきた男の腹を刺した。弾《はじ》かれたように男の身体が後に飛んだ。重い音を立てて、男の身体が地面に横転すると、もう一人の男は急に戦意を失ったように、匕首を構えたまま、刺された腿をかばって後にさがった。

「これっきりか、おい」

音次は匕首を手に提《さ》げたまま、じりじりと男を追った。匕首を前に突き出したまま、男は恐怖に顔をゆがめ、大きく身体を傾けながら後にさがった。

音次は鋭く足を飛ばして、男の匕首を蹴りあげた。宙を飛んだ匕首が、鈍い音を立てて三間ほどむこうの道の上に落ちた。男は駆け寄ろうとして転び、地面を這《は》った。

「命だけは助けてやら。それほどの恨《うら》みもねえしな」

音次は鞘を拾って、匕首を納めながら言った。

「仲間を呼んでくるんだな。いまのうちならそっちの野郎も助かるだろうぜ」

五

八月の光が、江戸の町を照らしていた。午後の日射しは荒荒しく家並みや道を照らし出していたが、それほど暑くはなかった。

鶴蔵は濃い影を地上に落としている大鳥居をくぐると、なおもせっせと道を急いだ。途中何度も懐を探ったが、金はずしりとした手応えを伝えてくる。金は二十五両あった。大金だったが、この金でおこんが淫売宿にひとしい若菜を抜け出すことが出来るのだ、と思うと惜《お》しくはなかった。

いまの商売から足を洗い、たとえ狭いところでも家を借りて、働きながら鶴蔵が訪ねてくるのを待ってたら、どんなにいいだろうと、ゆうべおこんが言ったのである。そう言ったとき、おこんは鶴蔵とひとつ床の中にいた。

白い裸身が、まだ鶴蔵の眼の奥で跳《は》ねている。それは、二人の子を生んで衰《おとろ》えたおなみの身体とは、くらべものにならない悦楽の蜜《みつ》を隠した壺だった。

何か、新しいことが始まったのだ、と鶴蔵は思わないわけにはいかない。はじめから、おこんと寝たいと思って通いはじめたわけではなかった。だがゆうべの結びつきは、熟した実が落ちるように自然だったのだ。それにしてもずいぶん長い回り道をしたものだ。

裾継《すそつぎ》に入りこんで、若菜の前に立ったときも、鶴蔵はまだそのことを考えていた。

「おや、いらっしゃいまし」

戸を開けたのは、おせきという女中だった。鶴蔵がはじめてこの店を訪ねたとき、部屋に案内した背が低く肥った女である。

「お早いお越しで」

おせきはそう言うと、横をむいて大きなあくびをし、あくびの途中でごめんなさいと言った。化粧をしていない顔に、一面にそばかすが浮いて、眼尻のあたりには眼をそむけるほどの小皺がたまっているが、鶴蔵はおせきのために金を出すわけではない。

店をのぞいた。店の中は薄暗く、しんと静まり返っている。

「おこんさんは、いますかな」

「いますよ。でも起きたかしらね」

おせきはまあ上がってください、と土間に鶴蔵を招き入れた。

「あたしら、夜が遅いから、起きるのはいつもいまごろになるんですよね」

「そうか。少し早く来過ぎたようだな。だが、おこんさんに、急ぎの用が出来たもので」

「わかってますよ、旦那」

店に入って、奥にある部屋に案内しながら、おせきはべつにからかう口調でもなく言った。

「ゆうべの今日で、早くおこんさんの顔が見たかったんでしょ」

おせきの言葉を、鶴蔵は上の空で聞いた。部屋で、長い間待たされた。その間おせきがお茶を一杯出しただけだったが、鶴蔵は苦にならなかった。二十五両の金をそろえて出したら、おこんがさぞ喜ぶだろうと、それだけを考えていた。

おこんが座敷に来たのは、半刻《はんとき》も過ぎてからだった。

「すみません」

とおこんは言った。化粧をしていたが、どことなく腫《は》れぼったいような顔をしていた。

「頭が重くて、いままで寝てたんですよ」

「それは、起こして済まなかったな」

「鶴蔵さんが悪いんですよ」

不意におこんは言って、軽く鶴蔵を睨《にら》んだ。睨みながら、その眼が笑っている。鶴蔵は顔が赤くなった。赤くなりながら鶴蔵は、いままで感じたことがない、幸福な感情が心を包んでくるのに気づいた。

「金を持ってきた」

鶴蔵は、懐から金包みを取り出して、畳におくと、おこんの前に押してやった。

「あんたの金だ。使ってください。二十五両ある」

「ああ」

おこんは嘆声のように声を洩《も》らした。

「ありがとう、鶴蔵さん。でも、本当に頂いていいのかしら」

「もちろんですよ。使ってもらうために持ってきた金です」

鶴蔵が言ったとき、襖《ふすま》のむこうで咳払いの音がして、旦那、そいつは考えものですぜ、という声がした。

二人がぎょっとして眼を見あわせていると、襖が開いて、男が一人ずかずかと入ってきた。

「ああ、あんたは」

鶴蔵が言うのに構わずに、音次は腰をかがめて金包みをおこんの前から鶴蔵の膝に戻し、もったいない、二十五両と言った。

「あんた、どなた？」

きっとなっておこんが言った。鋭い口調になり、おこんは顔色が変っていた。

「俺が誰かはいまにわかるさ」

音次は軽くいなすと、腰をおろして鶴蔵に言った。

「旦那、あたしはべつに頼まれたわけじゃないけど、気になってお聞きするんだが、その金がどう使われるかご存じですかい」

「どうって、このひとがここのお店の借金を抜いてもらう金ですよ」

「本気でそんなことを考えていなすったんですかい。こいつは驚いたな」

音次はずけずけと言った。

「それが本当なら、そいつは男の甲斐性でね。あたしがべつに横からちょっかいを出す筋合いじゃないんだが、旦那、それは違いますよ」

「違うって、どう」

「このおこんに借金なんぞありませんよ。嘘だと思ったら、ここのかみさんに聞いてごらんなさい」

「借金がないって？」

鶴蔵はおこんの顔と音次の顔を見くらべた。おこんは顔をそむけていた。

「じゃ、この金は何に使うんです？　このひとがあたしをだまして、二十五両巻き上げにかかったとでも言うんですか」

「このひとはね」

音次はおこんを指さした。

「大変なひとなんだ。徳次郎という人殺しがいましてね。七ツも年下の、その徳次郎という悪党の色女なんですなあ、この女が……」

「………」

「二十両とか、二十五両とかって言うのは、その徳次郎に頼まれた金なんですなあ。右から左というわけですよ」

音次は鶴蔵の茫然としている顔にうなずいて見せた。

「旦那がおっしゃるように、巻きあげにかかったわけです」

音次が口を噤《つぐ》むと、部屋を深い沈黙が占めた。

「親分さん、ですか？」

不意に顔をあげて、おこんが言った。

「そうだよ。あたしは熊井町の岡っ引でね。音次というもんだ」

「それじゃお聞きしますけど、徳次郎はもうつかまったんですか」

「それがさ」

音次はおこんに向き直った。

「おとついの夜、つかまえるはずだったのだが邪魔が入ってね。今朝になって、やっとタケというのをつかまえたんだ。こいつは徳次郎の居場所を知ってるんでね。ところが吐きやがらねえ」

「………」

「それでお前さんに訊《き》こうと思って、足を運んできたわけさ。どうだね、聞かせてくれるかね。お前さんが、タケという野郎から徳次郎が隠れている場所を聞いたことはわかっているんだ」

「旦那」

おこんは小さく首を振り、それから奇妙な微笑を浮かべて言った。

「タケちゃんが言わないものを、あたしが言うと思いますか」

おこんの微笑には、ふてぶてしいものが現われはじめていた。その笑顔を、おこんは鶴蔵にむけて、同意をもとめるようにうなずいて見せた。

恐ろしいものを見るように、鶴蔵はおこんの笑顔を眺めた。眼の前にいるのは、鶴蔵の知らない一人の中年女のようだった。その中に、鶴蔵はもう一度遠い昔の少女の面影をさがしたが、見えなかった。

長門守の陰謀

一

千賀主水《ちがもんど》が訪ねてきたとき、高力喜兵衛《こうりき》はもう床についていた。だが起き上がるとすぐに身支度をして寝所を出た。

「いま何刻《なんどき》かの？」

廊下を客間の方に歩きながら、喜兵衛は半ばひとり言のように呟いた。すると前を歩いていた家士の坂口八内《はちない》が、律儀な口調でもはや酉《とり》の刻を回りましてござります、と答えた。捧げ持っている手燭《てしょく》の光に、坂口の白髪がほうけて浮き出てみえる。坂口は、腰も少し曲がっている。先代から仕えて老いた家士だった。

——何の話か？

喜兵衛は千賀の顔を思い浮かべながらそう思ったが、心の底にある予感のようなものが動くのを感じていた。千賀は供も連れず、一人できたという。高《たか》一千石の重臣である千賀が、深夜一人でひそかに訪ねてくるからには、尋常の用件であるはずがない。

用事の中身は、明るいものではあるまい、と喜兵衛は思った。同時に、漠然とした予感が、少しはっきりした形をとって、それは人の顔になった。伯父の酒井長門守忠《ながとのかみただ》重《しげ》の顔が、喜兵衛の脳裏に浮かんでいる。

燈火の下に、千賀主水は丸い膝をそろえて、ぽつんと坐っていた。部屋の入口で、坂口にお茶を言いつけると、喜兵衛は部屋に入って千賀の前に坐った。

「お待たせした」

「夜分に、遅く……」

千賀は口籠るような挨拶をした。その表情をみて、喜兵衛は胸を衝かれた。千賀は、日頃豪放な性格で知られている人物である。恰幅《かっぷく》もよく、どこかに戦国の匂いを残しているこの人物に、喜兵衛は好感を持っている。だが、いま千賀の顔に浮かんでいるのは、ひどく屈託ありげな重い表情だった。千賀はほとんど思い悩むような顔をしていた。

「なにか、急なご用事かの」

喜兵衛が言うと、千賀ははっとしたように顔を上げた。

「夜分遅く申しわけないが、ぜひとも申し上げたいことがござって参った」

「…………」

「異なことを申すと思われるかも知れぬが、実は容易ならんことを耳に致しましてな。一人では判断つきかねて、ご意見をうかがいに参ったわけでござる」

長門守忠重が、藩主忠勝《ただかつ》の世子《せいし》摂津守忠当《せっつのかみただまさ》を廃して、後嗣《こうし》に自分の子九八郎忠広《くはちろうただひろ》を据えようとしている。この話は、奥勤めをしている千賀の親戚のものから、ひそかにもたらされた話だ、と千賀は言った。

「九八郎どのに於満《おまん》どのを娶《めと》らせ、次の藩主とする考えで、お上にもそのように吹きこんでいると申す」

「…………」

喜兵衛は腕を組み、険しい眼を千賀に据えた。於満は忠勝の子で、世子忠当の妹である。胸を撃たれたような驚きがあった。

「世子を廃する大義名分を、どう唱えるつもりかの」

「病弱であること、脇腹であることなどを申しておる由にござる。しかしながら……」

千賀は眼をあげて、喜兵衛をみた。

「この知らせをもたらした者は、確かな者でござるが、それがしも信じかねましてな。この話のようなことであれば、すでに大乱と申すべきですからな」

「いかにも大乱……」

喜兵衛は千賀から眼をはずして、背後の襖《ふすま》を見た。ついに長門守がそこまで手をのばしてきたか、と思っていた。

元和《げんな》八年（一六二二）、幕府は五十二万石最上《もがみ》藩改易の後に、鳥居、酒井、戸沢らの譜代大名を配置したが、酒井宮内大輔《くないたゆう》忠勝は、信州松代《まつしろ》十万石から荘内十三万八千石に転封《てんぽう》加増された。このとき、忠勝の次弟右近大夫直次《うこんたゆうなおつぐ》は左沢《あてらざわ》一万二千石に、三弟長門守忠重は白岩八千石に封じられ、また四弟玄蕃了次《げんばよしつぐ》も、五千石を賜って幕府寄合《よりあい》となった。

家祖酒井忠次《ただつぐ》は、徳川四天王のうちで晩年もっとも禄高が少なく、恵まれない境遇の中に没したが、三代忠勝に至って、兄弟あわせて十六万三千石となり、徳川覇権の確立に力をつくして家中並ぶ者なしと言われた、徳川家宿老《しゅくろう》の裔《すえ》にふさわしい待遇をうけたようだった。

だが村山郡《ごおり》白岩郷領主に封じられた長門守忠重の仕置きは、幕府の厚遇にふさわしいものではなかった。百姓に高利で種籾《たねもみ》を貸しつけ、荒地、河原、寺院境内、家中屋敷にまで課税して百姓から年貢を取りたて、人夫や夫銀《ぶぎん》を頻繁に徴発し、百姓の女房を強引に城中に召しあげるなど、歴然とした苛政を続けた。「村々より百姓の女房あまたお城へ召しあげられ、御乳の人になさるべしとて、五日、七日宛《まで》さし置かれ、善しあしを御撰び」、清水沢村の左内という百姓の女房を城中に留めおいたが、三年の間に金子《きんす》三両を切米《きりまい》でくれるという約束だったのに、金は少しもくれず、六年の間に米一石五斗ほどくれただけだったので、働き手を失った左内の家は潰れた。

「また当年も白岩町藤蔵と申す者の女房、召し上げらるべきのところに、右のひっかかり御座候間、身代潰れ申候由迷惑を申し上げ候えば、ご家中衆遣わされ、無理にお取りなられ候」と領民が幕府に訴えたとおりで、紛れもない暴君の所行だった。

白岩郷では、十二年前の寛永十年（一六三三）、百姓惣代《そうだい》三十八名が江戸に登り、白岩郷惣百姓、惣名主の名で幕府に直訴を敢行したが、この訴えに百姓側が敗れ、直訴した三十八人はことごとく死罪となった。のみならず白岩郷でも直訴に加担した罪を問われて、百姓百三十人が捕えられ、天童原で磔《はりつけ》にされている。

白岩郷では、その後も苛政が改まった様子がなく、領民の怨みがくすぶっているようだったが、高力喜兵衛の関心は、じつは白岩郷にはない。長門守忠重が、しばしば荘内藩政に喙（くちばし）を入れ、そのことが藩主忠勝を通して藩政に反映している事実を重くみていた。

白岩の領民たちは哀れではあるが、隣領のことである。口出しは出来ないし、それは領民と領主長門守の間の問題だった。だが、その長門守の視線が、いつからか自領の白岩郷から離れて、粘っこく荘内藩に注がれている気配が無気味だった。

喜兵衛の母田舎は、主君忠勝、長門守忠重、玄蕃了次らの妹である。つまり忠重は喜兵衛の伯父になるが、この伯父の藩政への介入を、喜兵衛ははじめにがにがしいものに眺めていたが、近年はきわめて危険なものと考えるようになっていた。

喜兵衛は三十四歳だが、亡父但馬《たじま》の後をうけて、筆頭家老を勤めている。その立場で藩政を仕置きしている間に、喜兵衛はしばしば忠勝の口から不審な指図を受けた。それはときに藩政の常軌を逸脱するものだったので、たぐってみると、背後で長門守が献策していることが多かった。

喜兵衛はそのことで時時忠勝と意見が衝突した。だがそのために喜兵衛は、次第に藩政から遠ざけられる結果になり、すでに三月《みつき》ほども登城することがなくなっている。

忠勝は、白岩郷で暴政を行なっている弟を偏愛していた。忠重が四弟の玄蕃了次と合わず、了次が忠重がかけた罠《わな》にはまった形で、高野山に追われたときも、また了次がひそかに江戸に戻って若年寄に密訴したときも、終始長門守を擁護して玄蕃を国元に送り返し領内黒川村に幽閉してしまった。また白岩郷から百姓が江戸に直訴したときも、忠勝は長門守を弁護して訴訟を勝ちにみちびいている。

このような忠勝と忠重の癒着ぶりは、藩内に長門守派ともいうべき派閥を生み、藩政の上で強力な力をふるいはじめている。彼らは家老石原源左衛門、源左衛門の息子百度右衛門、組頭《くみがしら》山本五左衛門らを中心に固い結束をみせていた。

——派閥の動きが、藩政上の意見の相違として出てくる間は、まだ止むを得ないとも言える。だが世子交代ということになれば、藩は二つに割れる。

喜兵衛は微かに身ぶるいした。長門守忠重が、荘内藩に注いできた、長い間の凝視を思い出したのである。その凝視の真の意味が、これだったのかと思った。

「千賀。その噂は、江戸から洩れてきたわけだの」

忠勝も、長門守忠重も江戸にいる。

「そのようでござります」

「恐らくは事実だろう。長門殿なら、そこまで奸策をめぐらせても不思議はない」

千賀は茫然と喜兵衛を見つめた。だが不意にその顔に赤味が射《さ》した。千賀の顔は、みるみる真赤になった。

「世子をどうなされる。お身体《からだ》がお弱いことは事実ながら、病人ではござらん。藩主の任に堪え得ない病弱のおひとというわけでなし、かつは英明の人柄は家中がみな存じておるところ。九八郎どのなどという人物は、それがしは知らぬ」

「まあ、待て」

喜兵衛は手をあげて、年長の激しやすい重臣をなだめた。

「むろん、世子交代の理由などない。またわれらとしても認めるわけにはいかん。摂津守さまがひっこんで、長門殿が藩の実権を握るなどということになれば、わが藩も白岩の二の舞じゃ」

「当然じゃ。認めるわけには参らん」

「だが、貴公のように激昂してばかりいても、振りかかってきた火の粉は払えんぞ」

「………」

「まず藩内で長門殿に与《くみ》している者たちの勢いが侮《あなど》れん。源左などは城中で大そうな勢いだそうではないか。長門殿の真意がそこにあるとすれば、まず気遣われるのは、摂津守さまのお身の上じゃ。お護りするためには、我らもまとまらねばなるまい。水野どの、長谷川どのは、このことをご存じかの」

「いや、ご存じないはずでござる」

「早急に、しかもひそかに会う手筈をつけねばなるまい。平右衛門どのを加えてな」

水野内蔵助《くらのすけ》、長谷川権左衛門は、世子摂津守忠当の附家老であり、平右衛門というのはやはり家老の石原平右衛門のことである。平右衛門は、喜兵衛が藩政から遠ざかったあとをひきうけて、長門守派を押さえながら、藩政をすすめるのに苦労しているが、切れ者である反面茫洋とした性格が家中の間で信望を得ている。

「はて」

喜兵衛は、そこまで言ってから首をかしげた。重苦しい表情になっている。

「お上が、あの狸にどのあたりまでたぶらかされておるかが問題じゃな」

長門守忠重に対する憎悪が、思わず言葉になって出た。

摂津守忠当は、十一歳になった寛永四年（一六二七）九月、初めて江戸に上り、十一月十三日に将軍家光に謁見《えつけん》し、従五位下摂津守に任ぜられた。寛永八年正月の将軍家増上寺参詣に供奉《ぐぶ》を命ぜられ、また十一年六月、将軍家光が上洛したときも供奉を命ぜられている。同じ年の十二月、江戸屋敷で老中松平伊豆守信綱の息女千万《ちま》姫と婚礼を挙げた。

いまは二十九歳。正室の腹ではないが、忠勝の第一子であり、次代藩主として不足なところはない。身体が丈夫でないことは事実だったが、人なみのことが出来ないほどの病弱ではなし、もはや戦国と遠く時代をへだてたいまの世の中で、それが欠陥になるとは喜兵衛は考えたことがない。

長門守忠重が、息子の九八郎を次代藩主に立て、摂津守を世子の座からおろそうと考えていることが事実なら、それは平地に波瀾を呼ぶ以外の何ものでもなかった。藩内は二つに割れて収拾がつかなくなるだろう。

長門守を、血縁の伯父とみることは、喜兵衛には出来なかった。荘内領を覆う、どす黒い影としか見えない。

――それにしても……。

主君忠勝は、どこまでこの事実を知っているのか、と思うのだ。江戸に上って、真向から忠勝に直諫《ちょっかん》することも考えられた。だがそれは一瞬心を掠めた想像に過ぎない。忠勝が喜兵衛の言うことを、そのまま受け入れることは、まず考えられなかった。忠勝は剛直な性格だが、剛直が過ぎてほとんど癇癖《かんぺき》に近い感情をあらわすことがある。賞揚も懲罰も極端だった。長門守を偏愛している忠勝に、現在藩政からしりぞけられている喜兵衛が何か言っても、それは讒訴《ざんそ》と受け取られることが眼にみえている。

よしんば讒訴ととらなくとも、喜兵衛の諫言《かんげん》は、長門守の意図を見抜けなかった忠勝自身に対する非難にあたる。そのことだけで、忠勝は喜兵衛の言うことを受け入れようとはしないだろう。喜兵衛の言葉を容れ、自分の非を認めるぐらいなら、十三万八千石を九八郎忠広にやるといったことをしかねない、恐るべき癇性《かんしょう》が忠勝の中に蔵《しま》われている。

そして喜兵衛が、いま重苦しい表情になったのは、もうひとつ先のことを考えたためだった。長門守忠重が、息子の九八郎を次代藩主にと動きはじめた背後に、どういうことかはわからないが、あるいは忠勝との暗黙の諒解があるのでないかという想像だった。全くあり得ないことではなかった。忠勝は、粗暴な弟を愛していたし、もっとも気が合っていた。その偏愛が、嫡子《ちゃくし》忠当に対する愛情より薄いと、必ずしも断定は出来ない気もするのである。

だがそれにしても、事情が公けになれば、藩が分裂することは必至だった。長門守忠重がどういう人物であるかは、藩内で知らないものがいない。主君忠勝の思惑とかかわりなしに、眉をひそめ指さす者も多いのである。どのような事情であれ、彼らは長門守の嫡子が、忠勝の跡を継ぐことを肯《がえ》んじはしないだろう。

「いざとなれば、あの方がおられる」

喜兵衛は長い思考の果てに、呟くように言った。すると、千賀が顔をあげて言った。

「さよう。あの方がおられますな」

喜兵衛の長い沈黙の間に、千賀も考え、その考えの果てに、幕閣の中枢にいる、一人の権力者の顔に行きあたったようだった。忠当の岳父《がくふ》松平伊豆守信綱の顔だった。

千賀は幾分表情を明るくしたが、喜兵衛の顔色はむしろいっそう暗くなった。最後の手段として、というよりも、忠勝を説き伏せて長門守の野望を封じる唯一の活路は、伊豆守信綱に訴える方法しかないと思われた。だがそうした場合の忠勝の激怒が、坐っていても身体がうそ寒くなるほど、実感として迫ってくる。上から押さえつけられることほど、忠勝の嫌うものはない。だが放っておけば、やがて藩内は二分して抗争に至り、藩が亡びかねない。この危難から逃げる道はなかった。

——いずれにしても、この命助かるまい。

喜兵衛はそう思いながら、石原平右衛門ほかの重役と、早急に会談できる手筈をつけてくれと、千賀に言った。

二

正保《しようほう》二年（一六四五）五月のある朝未明に、鶴ヶ岡城下新町の服部惣兵衛の家に数人の人が入った。世子摂津守忠当をはじめ、高力喜兵衛、石原平右衛門、水野内蔵助、長谷川権左衛門、千賀主水、高力喜左衛門らの重臣、ほか小姓頭《こしようがしら》の香庄《こうしよう》新兵衛、同じ小姓組の吉田甚右衛門などであった。

忠当と、水野、長谷川、吉田とほか高力の家士一名は、服部の屋敷に入ると黙黙と旅支度をいそいだが、支度が終っても、出発する気配はなく、忠当を取り囲むようにして口少なに座敷に籠っていた。

「遅いの」

高力喜兵衛がぽつりと言った。

「うむ、遅いのう。そろそろ明けるが……」

と石原平右衛門も言った。彼らが何かを待っていることは明らかだった。

江戸から、長門守忠重が来てから半月ほどたつ。長門守は、前触れもなしにやってくると、いそがしく動きはじめた。執政の会議を召集して、あれこれと藩政の指図をする。それが済むと、藩内に植えつけた自派の家臣を呼びあつめて、連日密議をこらしたりした。

長門守のこうした動きは、高力ら反長門守派の者の眼には、にがにがしくもみえ、無気味にも映った。両派の対立は、このところ激しくなる一方だったが、長門守はその対立に油をそそぎに来たように見えた。

長門守は、この機会に摂津守忠当を亡きものにするつもりらしいという噂が、反長門守派の間に流れたのは、五日ほど前のことである。喜兵衛らは、その噂を聞いたとき、ひそかに忠当を江戸に逃がすことを考えた。

単なる噂かも知れなかった。だがあり得ないとも言えない噂でもあった。そして恐ろしいのは、その噂に乗って、長門守派の誰かが、忠当に凶手をふるうかも知れないということだった。

長門守派の者たちは、九八郎忠広が、次の藩主として藩に君臨することが十分あり得るという前提で働いている。その日のために、手柄を立てておこうと考える者がいないとは言えなかった。

江戸に行けば、忠勝がまさか自分の子を殺そうとはしないだろうし、いざとなれば岳父の伊豆守信綱を頼ることも出来る。裏で何が相談されているかも知れない国元にいるより、忠当の身は安泰だろうと喜兵衛たちは考えたのであった。附家老の水野、長分川ら四人が供をすることに決めた。少人数で、ひそかに出府するのがよいと思われたのである。

旅支度をすませた一行が待っているのは、長門守派の動きだった。忠当が城を抜け出したときは、まだ暗いうちで、誰にも気づかれていない。だがいまごろはもう騒ぎはじめているはずだった。長門守派がどう動くかを見さだめることは、彼らの世子忠当に対する考え方を測ることにもなる。何の動きも示さないとすれば、あるいは忠当暗殺ということも、単なる噂に過ぎなかったということになる。

家の入口のあたりに、物音がして、やがてこの家の主人服部惣兵衛と、新見《にいみ》太郎兵衛が入ってきた。二人は襖を開いたままにしてある次の間にきて平伏したが、走ってきたとみえて肩が波打っていた。

「申し上げます」

と新見が言った。新見の顔には汗が光っている。

「山本五左衛門どの。手勢十人ほどを引き連れて清川街道に向かいましたのを見届けました」

「石原源左衛門どののお屋敷には人が集まり、騒がしくなっており申す」

と服部も言った。

「そうか、ごくろうだった」

と喜兵衛が言った。

「山本は清川口に向かったらしいの」

と石原平右衛門が言った。彼らが、単純に忠当引きとめのために関所に向かったとは思われなかった。山本が率いる十名の藩士は、長門守が放った刺客《しかく》と考えた方がよさそうだった。

「よし、これで決まった」

喜兵衛は、床の間を背にして端然と坐っている忠当に向かって言った。

「お聞きのとおりでござります。清川口は塞がれましたゆえ、六十里越えで参られるほかはござりません。道が険しくなりますが、ご辛抱下さりますように」

「途中まで、馬で参れるな」

と忠当が言った。忠当は乗馬が好きで、馬術の腕前は殿様芸といえないすぐれたものを身につけている。忠当は落ちついていた。

「はい。近くに馬を用意してござりますので、ご案内仕《つかまつ》ります」

長門守一派が動きはじめているとすれば、もう猶予は出来なかった。みんな服部の家を出て、漸く夜が明けたばかりの路上に出た。昨夜、夜半まで降った雨のために、路は濡れて白い霧が這っている。空は、まだ降り足りないように曇っていた。

路上にはまだ人影がなく、一行が歩いて行くと、どこからか花の匂いがした。人眼を忍ぶようにして鍛冶《かじ》町通りに出、その先の一軒の百姓家の庭に入った。百姓家ではもう人が起きていて、庭先に繋いである五頭の馬には鞍がついている。

「道中、用心されよ」

喜兵衛は、水野、長谷川、吉田と一人一人の顔をのぞきこむようにして言い、水野らは黙ってうなずいた。

「あれは、頼りになる男かの？」

長谷川が、少し離れたところで、馬の腹帯《はらおび》を締めなおしている若者を見ながら、いつもの無遠慮な口調でいった。高力が一行につけた家士のことである。

「あれは一刀流の名人でござる。二、三人の討手なら、まずまかせておいて心配ない」

と喜兵衛は答えた。

そのとき忠当と話していた石原、千賀、高力らが一斉に喜兵衛を振り向いた。

「発たれるそうでござる」

と喜左衛門が言った。喜左衛門は、喜兵衛の叔父で、高千七百石で組頭《くみがしら》を勤めている。喜兵衛は忠当に歩み寄った。

「お気をつけて参られますように。江戸で、手に余るようなことがござります節は、お話のごとく伊豆さまに」

「わかっておる。気遣いはいらぬぞ」

「若殿を見送りましたあと、我我も早速に策を練って、巻き返しをはかるつもりでござります。しばらくご辛抱下さりますように」

香庄が道に出て、不審がないのを確かめて合図すると、馬上の五人は、一騎ずつ庭を出て行った。山麓伝いに青竜寺組の村村をすすみ、熊出《くまで》で六十里越街道に出る。そして赤川を東に渡ってしまえばひと安心だった。道はやがて山間に入る。

残った者は、百姓家の庭から散り散りに出た。喜兵衛は石原平右衛門と連れ立って、ゆっくりと歩いた。喜兵衛も若くして家老になったが、平右衛門も三十を過ぎると間もなく家老になった人間である。喜兵衛より五歳の年長でしかないが、平右衛門には父親でこの間隠居した平右衛門重秋に似て、どこか悠揚《ゆうよう》迫らないところがある。

「若殿にはお気の毒だが、ああして江戸に行かれて、お上にお会いするのが一番じゃな。我我が参って固いことを申し上げるより、よほどききめがあると思うぞ」

と平右衛門は言った。さすがに忠勝の気性を知りぬいている言い方だった。

「しかし……」

喜兵衛は、心の底に蔵っておいた、自分で触れたくないと思っている危惧を口にする気になった。

「もしもじゃ。お上が九八郎どのの家督について、すでに長門どのと談合済みだったとしたらどうなるかの」

「おぬし」

平右衛門は立止まった。その顔に驚愕の表情が浮かんでいる。

「そう考えておるのか」

「あるいは、とな。そうでもないとすると、長門どのの強引さが解せぬ」

「……」

平右衛門は腕を組んだが、折から通りかかった足軽が、草履《ぞうり》を脱いで挨拶するのに目礼を返し、それから思い出したように歩き出しながら言った。

「高力どの。そこまで考えては行き過ぎであろう」

「さようか」

「お上は、あの悪人に……」

平右衛門は、はっきりとそう言った。

「眼を覆われているに過ぎまい。従って我らの勤めは、面《おもて》を冒してもお上に真実を知って頂くことにあるな」

喜兵衛は、平右衛門にたしなめられたことで、幾らか気分が晴れる気がした。

「申されるとおりじゃな」

「水野らが江戸に参って、どこまでやれるかはわからぬ。だが、お上が水野らの申し上げることをお取り上げにならねば、我らが参ろう」

「…………」

「それでも聞かねば、おぬしが申したように、豆州《ずしゅう》さまに訴えるしかあるまい」

三

だが長門守忠重の行動は、石原平右衛門などが考えていたより以上に執拗だった。江戸に上った水野らは、取りあえず麻布の光明寺に落ちつき、それから藩邸に連絡をとったが、無断の出府を忠勝に激しく叱責された。

忠当、長谷川らは藩邸に引き取られたが、首謀者とみなされた水野内蔵助は、長門守の陰謀をあばくどころでなく、光明寺で慎んでいるばかりだった。すると、江戸に戻った長門守は、光明寺に討手を向けてきたのである。

水野は転転と江戸の市中にひそみ隠れるしかなかった。このことを知った国元の高力、石原らは、何とかして忠勝に会おうと画策したが、ことごとく長門守に邪魔され、忠勝に接近することは出来なかった。

その間に国元では、千賀主水ら家中三十二名が、櫛引《くしびき》通の山奥と山浜通の奥、越後境に近い山中の小鍋《おなべ》に在郷入りを命ぜられるという事件が起こった。正保二年の十一月で、荘内はすでに冬だった。

在郷入りは、老幼の家族ことごとくを連れて、城下を退散しなければならない。命令は忠勝の名で来たが、理由は明確でなく、三十二名は日ごろ高力喜兵衛に与する反長門守派の家中だったので、長門守の画策から出たことは疑いようがなかった。

千賀らは、この雪中に山中に引っ越せといわれて、老人、子供は路上に餓死するしかない。同じ餓死するなら、いまいるところで死のうと命令に抗議した。

喜兵衛らは、そのときには帰国していた忠当に事情を報告する一方、松平伊豆守に喜兵衛、石原平右衛門、高力喜左衛門、石原内記の連名で密書を送った。

惣じてここもとの様子、ただいま宮内《くない》家中一言物申す儀も罷《まか》り成らず候。そのうへ長門守申すなりにて、私ども出でて宮内に一言物申す儀も罷りならず候間、召し出され様子お尋ね下され候様にと存じ奉り候。この分にては、宮内、摂津守の大事と存じ奉り候間、早飛脚を以て申上候。長門守 承《うけたまわ》り候へば、それがしども召出されず候様に申しなし、あまつさへ宮内大輔に何様にか申し聞かすべく候間、ご隠密《おんみつ》に遊ばされ下され候やう憚《はばか》りながら願ひ奉り候（後略）。

とかくとかく召し出され候様、仰せ上げられ下さるべく候と繰返している密書には、喜兵衛たち口を封じられた重臣の焦慮があらわれていたが、長門守が張りめぐらした探索の網は、間もなく喜兵衛らのこのひそかな動きを探知していた。すかさず讒訴が行なわれた。

忠勝は激怒し、翌正保三年九月、首謀者とみなされた高力喜兵衛に対する処分を決めた。喜兵衛に対する申し渡しは次のようになっていた。

一、高力喜兵衛九州へ送り申候次第の事。
一、今明日の内ここもと罷り立ち申すべき事。
一、喜兵衛の内の者の儀、何《いずれ》も呼び出し、今後九州へ供 仕《ともつかまつ》りたきものは仕るべく、国元へ罷り帰りたき者は罷り帰し申すべく候。面々心ごころにて候。
一、伊豆様（松平伊豆守）、左門様（戸田左門）、右馬亟《うまのすけ》様（牧野右馬亟）、下総《しもうさ》様

（本多下総守）お詫にて候間、命は御たすけ候。定めて御四人様より仰せ渡さるべく候。

喜兵衛は当然切腹を言いつかるところだったが、松平伊豆守ら、事情を知る諸侯の取りなしで、追放に減刑されたのであった。喜兵衛はこの処分に屈せず、この機会に讒者《ざんしゃ》の毛利長兵衛と対決し、すべてを明らかにしたいと伊豆守らに願ったが、忠勝の拒否にあって果さなかった。

喜兵衛の処分に続いて、高力一族、および与党とみなされた者の処分が行なわれた。

〈御暇《おひま》〉高四千石　家老高力喜兵衛、高千七百石　組頭《くみがしら》高力喜左衛門（喜兵衛の叔父）、高一千石　番頭《ばんがしら》高力小左衛門（喜兵衛の弟）、高二百石　小姓高力市之亟《いちのじょう》（喜兵衛の弟）、高百五十石　高力吉十郎（喜左衛門嫡子）、御切米《おんきりまい》二百石　小姓高力十左衛門（喜左衛門二男）、御切米二百石　小姓高力平三郎（喜左衛門三男）

高一千石　千賀主水、高七百石　朝比奈《あさひな》忠三郎、高百五十石　朝比奈長十郎、高四百石　北川九助、高二百石　北川十蔵、高二百五十石　西田新五左衛門、高二百石

角田与四郎、高二百石　竹内十太夫

〈切腹〉高五百石　竹尾弥兵衛、以下一族竹尾平八郎、竹尾善三郎、竹尾辰之助、竹

尾弥三郎、高六百石　小姓頭香庄新兵衛、一族香庄新三郎、香庄蔵人《くらんど》、高三百石　使番《つかいばん》白井左平治、高百五十石　牧村才兵衛、柳田彦兵衛

竹尾弥兵衛は、処分を聞いて高力喜左衛門が一族と屋敷に籠り、討手と一戦しようとしたとき、隣家の加藤駒之助方から垣根を破って喜左衛門に合流したのを咎《とが》められ、また香庄新兵衛は、喜兵衛が処分を受けて屋敷を出、町家に退いたとき、道心坊主に身をやつして喜兵衛を訪ねたことを咎められたのである。

しかし処分はそれで終ったのではなかった。忠当の附家老水野内蔵助は依然として、江戸で潜伏を続けていたし、処分を恐れて脱藩し、討手をかけられて旅の途中で斃《たお》れる者、追及をうけて切腹を命ぜられる者など、その後一年ほどの間に十余名の藩士が死んだ。

その騒然とした藩の混乱に幕をひいたのは、ほかでもない藩主忠勝の死だった。忠勝は正保四年七月頃から病床についていたが、十月十七日没した。

病床についてから、忠勝は死を覚悟し、忠当以下子息の屋敷を定めたり、遺品を配分したりしたが、高力一族については、次のように遺言して、忠当に呼び戻しを禁じた。

一、暇とらせ候もの返し申す間敷事《まじきこと》

一、庄内を払ひ申し候もの、同じく寄せ申す間敷事

以上　宮内

正保四年十月八日

酒井摂津守殿

すなわち死の十日前のことで、忠当はそのときの誓約を重んじて、家督をついで第四代藩主となった後も、高力喜兵衛らの帰参を、気持の上で望みながら許されなかったのである。

忠勝が死んだ翌十一月十三日、摂津守忠当は、将軍家光にお目見得し、家督相続を許された。忠勝が病床についてから、忠当の相続まで、長門守の暗躍を許さなかったのは、松平伊豆守の強い働きかけがあったためだが、一方意外にも長門守の嫡子九八郎忠広が、終始父の野望を肯《がえ》んじなかったという事情も伏在《ふくざい》していた。

九八郎は、父の長門守の野望がとどめ難いと覚ると、傅役《もりやく》の山本半右衛門に命じて自裁の介錯を命じたほどで、父に似ない賢明な人物であった。

長門守の陰謀は、忠勝という後楯を失って潰《つい》えたが、藩内にはまだ長門守の与党が残っていた。新藩主が、彼らをどう処分するかが注目されたが、忠当は厳しい処分を避け、旧悪を問わないという方針をとった。家督をついだ翌慶安元年九月、忠当は重

臣を通じて次のような諭告を出した。

〈宮内様御代、家中の諸侍御前へ対して不義の者これ有る様取沙汰を聞こし召しに及び候。実儀は知りなされず候。その上思召《おぼしめし》もこれ有るところ、後々の儀はお捨て置き、御前ご心中に少しも御残りなられず候間、面々のことも少しも気遣ひに及ばず、奉公致すべく候。然りといへども向後《こうご》不義の仕合せの者これあるにおいては、咎《とが》の軽《けい》重《ちょう》をただし、あるいは改易あるいは死罪を仰せつけらるべし。勿論穿鑿《せんさく》なくしては仰せつけられ間敷候。かくの如く御申出の上に少しも相違これ有る間敷候。右の旨相守るべき者なり〉

忠当は、父忠勝の遺言にもとづいて、三弟忠恒《ただつね》に中山二万石（後の松山藩）、七弟忠解《ただとき》に大山一万石を分知した。また九州から相州鎌倉に帰っていた高力喜兵衛には、毎年三百両をあたえて旧功を犒《ねぎら》ったが、帰参はさせなかった。忠勝の遺言を忠実に実行することで、当面の家中の動揺を押さえたのである。

慶安二年（一六四九）六月、藩主として荘内に帰り、家臣を謁見《えっけん》したとき、その中に組頭の山本五左衛門がいた。忠当が国元を脱出したとき、刺客を率いて藩境の清川口まで追いかけた人物である。

五左衛門が謁見を終って退出しようとしたとき、忠当は不意に呼びとめた。五左衛

門の顔は一瞬にして蒼白《そうはく》になった。だが、忠当は、

「従前のとおり忠勤を尽くせ」

と言っただけだったので、五左衛門はその場に平伏して泣き出したと伝えられている。忠当は、旧悪を問わないとした諭告の見本を示したような形だったが、こうしたことは藩中にすばやく伝わり、家中の不安を消すのに役立ったようだった。

しかし藩内も落ちついた承応《じょうおう》三年（一六五四）に、忠当は江戸に逼塞《ひっそく》していた水野内蔵助を呼び戻し、旧禄千五百石で帰参させ、その翌年の明暦元年には、長門守派の中心人物であった家老石原源左衛門を櫛引に郷入りさせ、源左衛門の息子百度右衛門、また讒訴者毛利長兵衛を追放処分にした。旧悪露見が理由であった。

今度の藩内抗争で、荘内藩は幾人かの有能な家臣を追放、あるいは切腹、上意討で失っていた。その元凶とも言うべき石原、毛利らを、さすが温厚な忠当も、最初から許しがたいと考えていたのであろう。叔父の長門守には、承応元年、乞われるまま二万両を送って義絶している。荘内藩十三万八千石を根底から揺がした長門守事件は、この石原、毛利処分を最後にして、終りを告げたようだった。

四

寛文六年（一六六六）九月。長門守忠重は下総国《しもうさのくに》市川村にいた。老いていた。長門守は来年七十歳を迎えようとしている。

長門守は、家の前にある畑に出て、雇った百姓が仕事しているのを眺めている。長身で、皮膚はたるみ痩せているが、まだ杖も使わず、腰も曲がっていなかった。

「おい、もう少しやらんか」

鍬《くわ》を置いて、首に巻いた手拭いをはずそうとしている百姓をみて、長門守は叱責した。中年の百姓は、おびえたように長門守をみたが、仕事に戻ろうとはしなかった。

「もう日が暮れますので。それに今夜は村の寄合いがありますでの。ご免こうむらしてもらいますで、へえ」

「ふむ」

長門守は不機嫌に足もとの土を蹴った。百姓の分際《ぶんざい》で口答えするか、と思ったが、その男に払う手間賃が滞《とどこお》ったままなのを思い出したのであった。貯えはまだ少し隠し持っているが、もうあまり手をつけたくないほどに減っている。

——なに、一度に払うことはない。もう少したためて、そのうちちょっぴり払ってやればよい。

と長門守は思った。ひどく吝嗇《けち》な気分になっていた。

百姓に背をむけて家に戻ると、茶の間にお膳が出ていて、夜食の支度がととのっていた。若党の徳平を、江戸に使いに出したので、徳平が留守のときいつもそうするように、一町ほど離れたところにある源作の娘がきて飯の支度をしたのである。何とかいう色が白く肥った娘である。

だが本人の姿は、見えなかった。手早く支度だけして帰ったらしい。一度台所にいる娘に摑みかかったことがあるので、娘は長門守を恐れているのかも知れなかった。こういうふうに飯の支度をしたり、洗い物を持って行ったりするときも、なるべく長門守の眼につかないようにしているようで、時にはいつ来たかわからないこともある。

だがそういう用心は、長門守からみると滑稽なことだった。女に対するその気はとうに萎えている。娘に摑みかかったときも、粗末な袖口から出ていた白く肥った肉が物めずらしかっただけに過ぎない。

西向きの座敷の障子が真赤に染まっている。夕日が落ちるところらしかった。それをみると、長門守はいったん坐ったお膳の前から立ち上がって、外に出た。腹は空いていなかった。

家の横手に回る。思ったとおり、血の滴《したた》りのようなものが西空の一角を染めていた。海の方面には青黒い雲が動き、雨でも降っているのか雲は地面まで垂れさがって薄暗くなっているが、そのために西の空のその一角だけは異様なほどにかがやいて見える。

長門守は、軒下に積んである薪《まき》のひと束を地上におろし、その上に腰をおろした。市川村に籠居《ろうきよ》するようになってから、長門守は時どきそうして夕やけを眺めることがあった。茫然とみとれていることがある。遮るもののない広い野を染めて沈む夕日は確かに美しかったが、それだけではなかった。そうして一とき夕日を浴びていると、さまざまのことが思い出されることを知ったからだった。大方は過ぎ去った思い出だった。思うがままに振る舞って通り過ぎてきた道がみえ、そのときだけ長門守は枯れた身体の中にざわめくような血の音を聞くのだった。

――ふん、馬鹿どもが！

回想はいつものように、自分を追い出した白岩の百姓たちに対する呪詛《じゆそ》から始まる。

寛永十年（一六三三）、長門守を幕府に訴えて敗訴した白岩の領民たちは、その後三十年鳴りをひそめていたが、昨年八月再び江戸に長門守を訴え、同時に国元では一揆《いっき》勢数百人が城を襲う騒動となった。城方ではこの一揆勢との戦いで、家老が首を討ち取られるという醜態を演じて、天下の注目を浴びた。

前の訴えのときには、兄の忠勝が弁護してくれたが、今度は長門守は孤立無援だった。幕府は長門守の多年にわたる失政を咎めて、領地を没収してしまった。江戸の屋敷も取りあげられ、長門守は一時庄内に行って厄介になったが、そこはいかにも居辛い場所だった。

兄の忠勝の遺言だと二万両を吹きかけたとき、後継ぎの忠当はおとなしく金を出したが、同時にこれを以て酒井家と義絶せよという条件を突きつけた。長門守は条件を呑まないわけにいかなかった。荘内藩に対して、自分が何をやったかは百も承知している。

その縁を切られたはずの荘内に、敗残の身をさらすことはいかにも辛かった。忠当が生きていたらどう扱ったか知らないが、忠当は万治《まんじ》三年（一六六〇）二月に病死して、荘内藩は忠勝の孫忠義《ただよし》の代になっていた。忠義は、酒井家の菩提《ぼだい》寺である大督寺《だいとくじ》の前に、形ばかりの邸を与えたが、扱いは冷たかった。

荘内に下るとき、長門守はむかし藩内に扶植《ふしょく》した、長門守派と呼ばれた人間を多少あてにする気持があったのだが、そういう人間は一人も訪ねて来なかった。騒ぎがやんでから二十年近い年月がたち、ある者は追放され、ある者は死んで代替りし、またある者はそういうことがあったことを思い出したくないようすだった。家督相続にからむ騒動の忌まわしい影を引きずって現われた老人を、人人は黙殺した。誰も触れたがらなかった。

ほんのしばらくそこにいただけで、長門守は江戸に近い市川村の片隅に移った。旧家臣の僅かなつてを頼りに移ってきたのだが、その間に、当初は四、五人つき従っていた旧家臣も一人去り二人去りして、いま残っているのは、徳平ひとりである。江戸屋敷に長く仕えて死んだ八兵衛という老人がいて、徳平はその息子だった。

こういう境遇になったのも、白岩の百姓たちのためだ、と長門守は思う。新領主のすることに、とかく白い眼を向け、さからい勝ちな領民に腹を立て、乱暴なこともしたと思うが、それほど悪いことをやったとは思わなかった。荒荒しい血にそそのかされて、野良《のら》から美しい女房を攫《と》ったことがあったが、あれは悪かった、かと思うぐらいのものである。百姓の女房の白い肌が、ちらりと記憶の中に動いたが、それはひどく遠い記憶だった。ああしたことは、兄の忠勝に従って出陣した大坂の戦《いくさ》の時にもあったことだ。

百姓たちが、ああいう形で反抗してくるとは思いがけなかった。一揆に城を落とされたと聞いたときの驚きが、いまも胸の底にある。連中もなかなかやるものだ、とそのとき思ったことをおぼえている。それは戦だった。戦は長門守がもっとも好むところである。敵ながらあっぱれだという気持がないわけでもなかった。へいへいと畏《かしこま》るだけの百姓は、気が苛立つだけだ。

――しかし、あれは惜しかった。

荘内藩十三万八千石が、もう少しで手に入るところだったという気持がまだ残っている。それは長門守が仕かけた壮大な陰謀だった。そのために、白岩郷から絞りあげた金も使ったし、隅隅まで手を打ってあと一歩というところだったのだ。九八郎が意気地なしで、最後のところで承知しなかった。

その九八郎も死んだ、と長門守は思った。九八郎だけでなかった。忠勝も、もう一人の兄の直次も、仲が悪かった弟の玄蕃了次も、そして忠当も死んだ。

空には雲がふえて、暗くなり、いまは西空のほんのひとにぎりほどの場所が、明るくかがやいているだけにすぎない。そこから淡い光が枯野にさしこみ、白髪の長門守を染めていた。そうして落日の余光を浴びていると、自分の孤独がよくわかった。思い出がかき立てる血のざわめきも遠のき、長門守が立ち上がるときが来たのだった。

――あいつ、帰って来ないつもりかの。

立ち上がりながら、不意に徳平のことを思い出していた。江戸の知り合いに金策の使いに出したのだが、行ってからもう三日になる。徳平は、たびたびの金策の使いをいやがった。露骨にいやな顔をする。

長門守は、行かぬというのなら手討にするぞと脅しつけて、漸く出してやったのだ。律儀一方だった八兵衛の子であるが、徳平は若い。何を考えているか知れたものではない、という気もする。

舌打ちして長門守は入口の方に戻った。そこで長門守は顔をあげて海手の方をみた。遠くとどろく雷鳴を聞いたのである。空は真黒で、海は嵐をはらんでいるようにみえた。

その夜すさまじい風雨が、関東の野を襲った。稲妻が続けざまに光り、村の家家を真昼のように照らしこむ。そして雷鳴がとどろき渡った。

その中を、蓑笠《みのがさ》をつけた二人の人影が長門守の家に近づきつつあった。蓑の裾から刀の鐺《こじり》がのぞき、笠の下の顔を黒い頭巾で包んだ男たちだった。二人は稲妻に照らし出されたり、次の瞬間闇に包まれたりしながら、落ちついた足どりで長門守の家に近づいて行った。

二人は音がしないように、手間をかけて入口の戸を一枚はずすと、そこから土間に入って笠と蓑を取った。それから土足のまま茶の間にあがり、そこで手探りして行燈《あんどん》をさがすと灯を入れた。

一人が行燈を手に提げ、一人が刀を抜いて座敷との間の襖を開けた。すると、行燈の光に、仰臥《ぎょうが》している長門守の姿が浮かび上がった。長門守は目ざめない。口をあけて軽いいびきをかいていた。眼窩《がんか》と頰が落ちくぼみ、開いた口は黒い空洞のようにみえ、醜い寝顔だった。

侵入した二人は、掲げた行燈の下で、しばらくその顔を見まもった。それから眼を見あわせると、一人が枕もとに近づいて、いきなり枕を蹴った。

枕を飛ばされ、長門守は眼をあけたが、異常をさとるまで一瞬間があったようだった。眼を開いて二人をじっとみた。

「何者だ！」

弾かれたように半身を起こして、長門守が叫んだとき、刀を提げていた男が踏みこんで無造作に肩先から斬り下げた。長門守は絶叫して後にのけぞり、それでも夜具から身体をのり出して床の間の刀架《かたなかけ》に手をのばしたが、そのまま動かなくなった。

「とどめ」

行燈を持っていた男が言い、一人がとどめを刺している間に、押入れを開けたり、手文庫をひっくり返したりした。何かを探すといった様子ではなく、ただそうして物を散らしているように見えた。とどめを刺し終った男も、その仕事を手伝った。座敷も、茶の間も物が散らばって足の踏み場がないほどになった。

外には依然として雷雨が荒れ狂い、長門守の叫び声も、二人が立てる物音も、嵐の音に消された。

男たちは行燈を吹き消して土間に降りると、手早く闇の中で蓑笠をつけた。

「こいでええかの」

「よがろ」

闇の中でかわされた、北国の訛《なまり》がまじる短い会話を聞いた者は誰もいなかった。男たちは来たときと同じように落ちついた足どりで家を出、明滅する稲妻の中を、横なぐりの雨に打たれながら遠ざかった。

「旗本中の取沙汰にも、能《よ》き時分宮内殿（忠勝）死去にて候。いま一年も半年も存命ならば酒井の家破滅たるべしと申候」と松平伊豆守に言わせた荘内藩最大の危機、長門守事件が、この夜最後の幕をおろしたのである。寛文六年九月二十四日の夜のことだった。

「あとがき」にかえて

夕方、いっときのひまを見つけて散歩に出る。駅前まで行けば、気にいっている喫茶店があり、大きな本屋もあるが、そこまで行くにはバスに乗らなければならない。散歩には、疲れた足腰をのばすという効用のほかに、仕事部屋で鬱屈《うっくつ》した気分を、戸外に解《と》きはなつ意味もあるので、言い方はおかしいが、バスで散歩に行っても悪いことはあるまい、と思う。しかし駅前まで行ってしまうと、やはり時間がかかる。そこで、やむを得ず家の近くを歩きまわるにとどめる。

歩きまわっても、べつに面白いところがあるわけではない。バス通りを、埼玉との県境の方角にむかって歩き、途中にある本屋をのぞき、レストランでコーヒーをのんで帰るだけである。

もっと近くに喫茶店がないわけではない。小さい喫茶店が二軒と、バス通りにドライブインがあって、そこでもコーヒーをのませる。なにしろ家のそばだから、私はひところ、ドライブインにも二軒の喫茶店にも、足しげく通った。それがいつとはなく、遠くのレストランに落ちついたのには、それなりの理由がある。

ドライブインでは、コーヒーのおかわりをくれる。はじめはサービスのいいお店だと思ったが、だんだんにそれが煩《わずら》わしくなった。私はコーヒー好きだが、だからいつもおかわりを欲しがるとは限らない。そんなときでも、ちょっとぼんやりしていると、むこうはちゃんと眼を配っていて、さっと寄ってくる。おかわりはいかがですか、と言ったときには、もう半分注ぎかけているという状態である。

せっかく心を配ってくれるものを、と私は二杯目も頂く。しかしこの店のカップは大きいのである。それでその店に行くと、いつも腹をがぼがぼさせて帰るという、滑《こっ》稽《けい》なことになった。それがうっとうしくて、少しずつ足が遠くなってしまった。

また、小さな喫茶店は、私には人間関係が少しうるさく感じられるのである。よく見かけることだが、こういうところには必ず常連といった人たちがいて、店の人と親しそうに話したり笑ったりしている。しかし私が喫茶店に入るのは、コーヒーをのみながら、ぼんやりと考えごとをするような時間が好きなためで、お喋《しゃべ》りをしに行くわけではない。そこで黙ってコーヒーをのんでいる。小さな店なので、時どき私だけが浮いた感じになる。すると、そういう私を気の毒に思うらしく、女主人が声をかけてきたりする。これもうっとうしいことである。

などと書いていると、私も結構うるさい人間なのだな、という気がしてくる。かなり度しがたい偏屈な人間なので、こういうひとは、レストランの隅で、小さくなってコーヒーでも飲ませてもらうしかないのである。

今日も私は、本屋をのぞいて三冊ほど本を買い、レストランでコーヒーをのんで帰った。買った本は、平尾道雄さんの「定本新撰組史録」、足田輝一著「雑木林の博物誌」、ニコラス・ルアードという人の「オリオンライン」(平井イサク訳)。

どれも面白そうで、すぐにも読みたい誘惑にかられるが、仕事がつまっているので、すぐ読むわけにはいかない。本というものは、こうでなくちゃいけないな、と思う。すぐにも読みたいと思わせるようでないといけない。だが、その考えをすすめて行くと、忸怩《じくじ》たるものにつきあたりそうで、そこで考えを打ち切り、仕事にもどる。

昭和五十二年十二月

藤沢周平

藤沢周平　年譜

昭和二年　一九二七年

十二月二十六日、山形県東田川郡黄金村大字高坂字楯ノ下一〇三（現鶴岡市高坂字楯ノ下）に父小菅繁蔵（農業三十八歳）、母たきゑ（三十三歳）の次男として生まれる。誕生は大雪の夜であった。本名小菅留治。長姉繁美（十一歳）、次姉このゑ（十歳）、長兄久治（七歳）あり。

昭和五年　一九三〇年　三歳

三月、妹てつ子生まれる。

昭和八年　一九三三年　六歳

六月、弟繁治生まれる。

昭和九年　一九三四年　七歳

四月、青龍寺尋常高等小学校（昭和十六年に黄金村国民学校と改称。現鶴岡市立黄金小学校）入学。担任は大久保イチ（二年生まで）。

昭和十一年　一九三六年　九歳

三年生。担任は難波主税。

昭和十二年　一九三七年　十歳

四年生。担任は保科傳吉。

昭和十三年　一九三八年　十一歳

五年生。担任は宮崎東龍。この頃吃音《きつおん》に悩む。読書や綴り方（作文）の楽しみを知る。

昭和十四年　一九三九年　十二歳

六年生。担任は引き続き宮崎東龍だったが、夏休みの終りに召集され、以後卒業まで上野元三郎校長が代理担任となる。

昭和十五年　一九四〇年　十三歳

三月、青龍寺尋常高等小学校尋常科卒業。郡賞を受ける。四月、同校高等科に進む。担任は真柄文治。

昭和十六年　一九四一年　十四歳

四月、高等科二年。担任は佐藤喜治郎。秋、兄久治、教育召集で山形市霞ヶ城址にある陸軍歩兵第三十二聯隊に入隊。翌年春、帰宅。

昭和十七年　一九四二年　十五歳

三月、黄金村国民学校高等科卒業。四月、山形県立鶴岡中学校（現山形県立鶴岡南高等学校）夜間部入学。校長・真木勝。昼は鶴岡印刷株式会社で働く。

昭和十八年　一九四三年　十六歳

春、鶴岡印刷をやめ、黄金村役場の税務課書記補として働く。六月、経書や農事を勉強する集まりである「荘内松柏会」に入会する。九月、兄久治、再召集で北支へ。

昭和二十年　一九四五年　十八歳

八月十五日、終戦のラジオ放送を黄金村役場の控え室で聞く。

昭和二十一年　一九四六年　十九歳

三月、鶴岡中学校夜間部卒業。五月、兄久治、中国より復員。山形師範学校入学、一級上に無着成恭がいた。北辰寮北寮二階に入寮。六人部屋（十六畳）で同室者は三年（室長）一人、二年二人、一年二人、予科生一人。同人雑誌「碎氷船」に参加。同人＝蒲生芳郎、小松康祐、土田茂範、那須五郎、丹波秀和、松坂俊夫、小菅留治の七人。最初は自筆原稿の回覧。ポーの評伝を発表。夏、帰省した伯母に同行し千葉の伯母の家に行き滞在。その間、従姉に連れられて初めて上京、浅草見物。

昭和二十二年　一九四七年　　二十歳

四月、二年に進級、南寮に移る。第二寮歌募集に応募、当選する。秋、寮を出て、三年の芦野好信、二年の小野寺茂三と真宗大谷派善龍寺に下宿。

昭和二十三年　一九四八年　　二十一歳

四月、三年に進級。小野寺茂三と善龍寺を出て、山形市薬師町の須貝方に下宿して自炊。十二月、同市宮町の長谷川方に下宿を移る。十二月、同人雑誌「碎氷船」発行。「女」ほか二篇の詩を寄稿。

昭和二十四年　一九四九年　　二十二歳

三月、山形師範学校卒業。四月、山形県西田川郡湯田川村立湯田川中学校に赴任。二年B組（生徒数二十五人）を担任。同時に二年A組も教える。担当科目は、国語と社会。九月、教員異動にともない、一年生（五十五人）の担任を命ぜられる。

昭和二十五年　一九五〇年　　二十三歳

一月、父繁蔵死去、六十一歳。四月、一年生を持ち上がり担任、二組に分かれたうちの二年A組を担任。

昭和二十六年　一九五一年　　二十四歳

二月、同人雑誌「プレリュウド」第二号を発行。同人は小松康祐、東海林勇太郎、土田茂範、那須五郎、小菅留治の五人。山形師範時代の「砕氷船」をひきつぐものだった。詩「みちしるべ」を発表。三月、学校の集団検診で肺結核が発見され、新学期から休職。鶴岡市三日町（現昭和町）の中目医院へ入院。半年後、退院して自宅で通院療養を続ける。

昭和二十八年　一九五三年　二十六歳

二月、中目医師の勧めで、兄久治に付き添われて上京、東京都北多摩郡東村山町（現東村山市）の篠田病院・林間荘に入院。入院早々に療養仲間の鈴木良典の提唱で俳句同好会が作られ参加する。三ヵ月後、鈴木が投稿していた静岡の俳誌「海坂」へ、勧められ投句。「海坂」は百合山羽公《ゆりやまうこう》、相生垣瓜人《あいおいがきかじん》が共宰する俳誌。二十八年六月号に四句採られたのを最初に、以後三十年八月号まで五十四句が入選した。俳号は最初小菅留次、のち北邨と名乗る。「軒を出て狗《いぬ》寒月に照らされる」（「海坂」二十九年六月号）六月、東村山町保生園病院で手術を受ける。右肺上葉切除のあと、さらに二回の補足成形手術を行い、肋骨五本を切除。篠田病院は療養所で手術設備がなく、保生園と契約して手術が必要な患者は保生園で受けさせた。十月、篠田病院へ戻る。

昭和二十九年　一九五四年　二十七歳

手術の予後が悪く、二人部屋の生活が長く続く。

昭和三十年　一九五五年　二十八歳

三月、病院内に詩の会「波紋」が旗揚げされ、結成同人に加わる。この頃に安静度四度の大部屋に移り、病院外へ散歩を許可される。

昭和三十一年　一九五六年　二十九歳

五月、「波紋」選集第一号を発行、当時の会員は在院者三十三名、退院者十六名の計四十九名だった。また、この時期に、患者自治会の文化祭に戯曲「失われた首飾り」を書き、自治会文化部の文芸サークル誌「ともしび」にも寄稿。

昭和三十二年　一九五七年　　三十歳

病院敷地内の外気舎（独立作業病舎）に移り、退院準備に入る。この年、時々帰郷して就職先を探す。七月、自治会の機関紙「黄塵」の編集責任者になる。八月、この月一ヵ月間、病院内の新聞配達のアルバイトをする。十月、友人の紹介で、業界新聞社に就職が決まる。十一月、篠田病院・林間荘を退院。東京都練馬区貫井町（現練馬区貫井）に間借りし、就職先の新聞社に通勤を始める。その後、二年ほどの間に一、二の業界新聞社を転々、生活不安定に悩む。

昭和三十四年　一九五九年　　三十二歳

八月、山形県鶴岡市大字藤沢（現鶴岡市藤沢）、三浦巌、ハマの三女悦子と結婚、東京都練馬区貫井町のアパートに住む。

昭和三十五年　一九六〇年　　三十三歳

日本食品経済社（港区芝愛宕町、小林隆太郎社長）に入社。研修期間を経て「日本加工食品新聞」の編集に携わる。生活がようやく安定する。

昭和三十六年　一九六一年　　三十四歳

十一月、長男展夫、死産。

昭和三十七年　一九六二年　　三十五歳

この頃より「藤沢周平」というペンネームを使い、高橋書店発行「読切劇場」「忍者読切小説」「忍者小説集」に作品を発表するようになる（平成十八年～十九年にかけて発見される）。

昭和三十八年　一九六三年　　三十六歳
読売新聞が毎月募集していた読売短編小説賞に本名で応募。一月（第五十七回）、「赤い夕日」が選外佳作となる。選者は吉田健一。二月、長女展子生まれる。北多摩郡清瀬町（現清瀬市）中家方に間借り。十月、妻悦子、品川区旗の台の昭和医科大学病院で死去、二十八歳。

昭和三十九年　一九六四年　　三十七歳
オール讀物新人賞に応募をはじめる。八月、北多摩郡清瀬町（現清瀬市）都営中里団地に転居。

昭和四十年　一九六五年　　三十八歳
オール讀物新人賞に応募を続け、第二十六回に「北斎戯画」が最終候補作となるが受賞には至らず、第二十七回に「蒿里曲」が第二次予選まで通過。

昭和四十一年　一九六六年　　三十九歳
日本食品経済社が中央区東銀座八丁目に移転。第二十九回オール讀物新人賞で「赤い月」が第三次予選まで通過。

昭和四十四年　一九六九年　　四十二歳
一月、江戸川区小岩、高澤庄太郎、ヱイの長女和子と再婚。

昭和四十五年　一九七〇年　　四十三歳
一月、北多摩郡久留米町（現東久留米市金山町）に転居。二月、妹てつ子死去、四十歳。

昭和四十六年　一九七一年　四十四歳

三月、「溟い海」が第三十八回オール讀物新人賞最終候補となる。他の候補作に、のちに同新人賞、直木賞を受賞する難波利三の「菊日和」など四篇があった。四月五日、選考会で、第三十八回オール讀物新人賞を受賞。発表は六月号。選考委員は遠藤周作、駒田信二、曾野綾子、立原正秋、南條範夫。六月、「溟い海」が第六十五回直木賞候補となる（他の候補作は阿部牧郎「われらの異郷」、広瀬正「ツィス」、藤本義一「生きいそぎの記」、笹沢左保「雪に花散る奥州路」「中山峠に地獄を見た」、黒部亭「谷間のロビンソン」の五人六作）。七月、第六十五回直木賞は受賞作ナシと決定。九月、新人賞受賞第一作として「囮」を「オール讀物」十一月号に発表。十二月、「囮」が第六十六回直木賞候補となる（他の候補作は石井博「老人と猫」、田中小実昌「自動巻時計の一日」、宮地佐一郎「菊酒」、岡本好古「空母プロメテウス」、福岡徹「華燭」、木野工「襤褸」、広瀬正「エロス」の七作）。

昭和四十七年　一九七二年　四十五歳

一月、第六十六回直木賞は受賞作ナシと決定。「オール讀物」六月号に「賽子無宿」を、同十二月号に「帰郷」を、「別冊文藝春秋」一二一号に「黒い縄」を発表。十二月、「黒い縄」が第六十八回直木賞候補となる（他の候補作は滝口康彦「仲秋十五日」、堀勇蔵「去年国道3号線で」、難波利三「雑魚の棲む路地」、武田八洲満「信虎」、小久保均「折れた八月」、太田俊夫「暗雲」の六作）。

昭和四十八年　一九七三年　四十六歳

一月、第六十八回直木賞は受賞作ナシと決定。「オール讀物」三月号に「暗殺の年輪」を発表。六月、「暗殺の年輪」が第六十九回直木賞候補となる（他の候補作は加藤善也「木煉瓦」、仲谷和也「妬刃」、長部日出雄「津軽世去れ節」「津軽じょんから節」、半村良「黄金伝説」、武田八洲満「炎の旅路」、赤江瀑「罪喰い」の六人七作）。七月十七日、第六十九回直木賞選考会で、長部日出雄と同時受賞と決定。選考委員は石坂洋次郎、川口松太郎、源氏鶏太、今日出海、司馬遼太郎、柴田錬三郎、松本清張、水上勉、村上元三。九月、最初の作品集『暗殺の年輪』を文藝春秋より刊行。十一月、鶴岡市へ帰郷、湯田川公民館などで講演。

昭和四十九年　一九七四年　　四十七歳

五月、米沢市へ取材旅行。日本食品経済社が港区新橋へ移転。八月、母たきゑ死去、八十歳。十一月、日本食品経済社を退社。同月九日、丸谷才一、田辺聖子と鶴岡市主催の講演会で講演。

昭和五十年　一九七五年　　四十八歳

三月、「オール讀物」六月号「藤沢周平の世界　鶴岡にて」に掲載する写真撮影のため鶴岡市へ帰郷。六月、「歌麿おんな絵暦」連載開始（「オール讀物」六月号〜五十一年四月号、断続連載。単行本化に際し『喜多川歌麿女絵草紙』と改題）。「神谷玄次郎捕物控」連載開始（「小説推理」六月号〜五十五年五月号、断続連載。単行本化に際し『出合茶屋』と改題）。八月、「義民が駆ける」連載開始（「歴史と人物」八月号〜五十一年六月号）。同月、母の一周忌のため二週間鶴岡市へ帰郷。十二月、講演のため山形県川西町へ。

昭和五十一年　一九七六年　四十九歳

一月、「一茶」取材のため長野県信濃町柏原へ旅行。三月、「橋ものがたり」連載開始（「週刊小説」三月十九日号〜五十二年十二月二日号、断続連載）。五月、「一茶」取材のため、再び柏原へ。九月、「用心棒日月抄」連載開始（「小説新潮」九月号〜五十三年六月号、断続連載）。同月、「春秋山伏記」取材のため鶴岡市へ（画家・野口昂明が同行）。湯田川温泉泊。十月、「隠し剣」シリーズ連載開始（「オール讀物」十月号〜五十五年七月号、断続連載。単行本化に際し『隠し剣孤影抄』『隠し剣秋風抄』と題する）。十一月、東京都練馬区大泉学園町に転居。同月、鶴岡市へ帰り、遊佐町吹浦、鶴岡市由良の二会場で行われた小中学校校長会で講演。十二月、オール讀物新人賞選考委員となる。

昭和五十二年　一九七七年　五十歳

一月、「春秋山伏記」連載開始（「家の光」一月号〜十二月号）。二月、「回天の門」連載開始（「高知新聞」二月十二日〜十一月二十四日。ほか数紙に連載）。三月、「一茶」連載開始（「別冊文藝春秋」一三九号〜一四二号）。五月、講演のため仙台市へ。その帰途、初めて陸羽東線に乗って鶴岡市へ帰る。十二月、川西町小松で講演（教職員研修・演題「雲井龍雄と清河八郎の二人を通して見た東北の明治維新」）。

昭和五十三年　一九七八年　五十一歳

一月、「呼びかける女」連載開始（「赤旗日曜版」一月一日号〜十月十五日号。単行本化に際し『消えた女』と改題）。六月、駒田信二、中山あい子と山形市へ行くが、予定されていた講演会は列車運行の乱れのため中止。八月、「闇の傀儡師」連載開始（「週刊文春」八月十七日号〜五十四年八月十六日号）。十月、「孤剣」連載開始（「別冊小説新潮」秋季号〜「小説新潮」五十五年三月号、断続連載）。同月、鶴岡市へ帰り、母校黄金小学校で講演。十一月、「闇の傀儡師」取材のため、山梨県甲府市、韮崎市へ旅行。実相寺、万休院、海岸寺などを見る。

昭和五十四年　一九七九年　五十二歳

一月、「獄医立花登手控え・春秋の檻」連載開始（「小説現代」一月号〜五十五年一月号、隔月連載）。三月、首都圏に住む教え子との懇談会、第一回泉話会を東京・池袋の割烹料亭「はりまや」で開く。泉話会は郷里の湯田川温泉の話でもしようという趣旨で藤沢が命名。以後年一回開催。十月、山形師範卒業三十周年の祝賀行事に出席。直木賞受賞とその後の文筆活動により表彰される。

昭和五十五年　一九八〇年　五十三歳

四月、「獄医立花登手控え・風雪の檻」連載開始（「小説現代」四月号〜十二月号、断続連載）。四月・六月・八月、「密謀」取材のため新潟県、福島県白河市、山形県鶴岡市・上山市を旅行。九月、「密謀」連載開始（「毎日新聞」夕刊九月十六日〜五十六年十月三日）。十月、「よろずや平四郎活人剣」連載開始（「オール讀物」十月号〜五十七年十一月号、断続連載）。同月、井上ひさしと山形市の文化講演会で講演。

昭和五十六年　一九八一年　五十四歳

一月、「獄医立花登手控え・愛憎の檻」連載開始（「小説現代」一月号〜五十七年一月号、

断続連載)。「漆黒の霧の中で」連載開始(「小説新潮スペシャル」冬号〜秋号)。三月、「江戸おんな絵姿十二景」連載開始(「文藝春秋」三月号〜五十七年二月号)。四月、「密謀」取材のため、京都府、滋賀県彦根市、岐阜県・関ヶ原などへ約一週間の旅行。十一月、「刺客」連載開始(「小説新潮」十一月号〜五十八年三月号、断続連載)。

昭和五十七年　一九八二年　五十五歳

三月、「白き瓶」取材のため茨城県石下町(現常総市)国生の長塚節生家、光照寺、鬼怒川などを訪れる。四月、「獄医立花登手控え・人間の檻」連載開始(「小説現代」四月号〜五十八年二月号、断続連載)。五月、「海鳴り」取材のため、埼玉県小川町へ紙漉きの作業を見に行く。この頃から自律神経失調症に悩み、妻和子が取材に同行する。七月、「海鳴り」連載開始(「信濃毎日新聞」夕刊七月二十七日〜五十八年七月十八日。ほか数紙に連載)。八月、鶴岡市へ一週間の帰郷。湯田川中学校の教え子たちの卒業三十周年の会に出席。十一月、「白き瓶」取材のため、再び石下町へ。

昭和五十八年　一九八三年　五十六歳

一月、「白き瓶」連載開始(「別冊文藝春秋」一六二号〜一六九号)。四月、「白き瓶」取材のため、福岡県・太宰府、宮崎県・青島などへ旅行。十月、「風の果て」連載開始(「週刊朝日」十月十四日号〜五十九年八月十日号)。

昭和五十九年　一九八四年　五十七歳

八月、「ささやく河」連載開始(「東京新聞」八月一日〜六十年三月三十日、ほか数紙に連載)。十月、慢性肝炎を発症して、港区赤坂、永沢クリニックに通院がはじまる。同月、「師弟剣」取材のため茨城県鹿島町（現鹿嶋市）、江戸崎町（現稲敷市）へ旅行。

昭和六十年　一九八五年　五十八歳

一月、「本所しぐれ町物語」連載開始（「波」一月号〜六十一年十二月号）。七月、「三屋清左衛門残日録」連載開始（「別冊文藝春秋」一七二号〜一八六号）。十一月、刊行された『白き瓶』を携えて、茨城県石下町国生の長塚節の生家を訪問。十二月、直木三十五賞選考委員に就任。

昭和六十一年　一九八六年　五十九歳

一月十六日、直木賞選考委員として初の選考会（第九十四回、新喜楽）に臨む。四月、『白き瓶』により第二十回吉川英治文学賞を受賞。六月、九年半つとめたオール讀物新人賞選考委員を辞任。同月、「蟬しぐれ」連載開始（「秋田魁新報」六月三十日より、「山形新聞」夕刊七月九日〜六十二年四月十三日。ほか数紙に連載）。七月十七日、第九十五回直木賞選考会に出席。九月、「市塵」連載開始（「小説現代」九月号〜六十三年八月号）。十月八日、丸谷才一と鶴岡市主催の講演会で講演。十二日、青森旅行に出発。五能線（能代〜五所川原）に乗り、青森県金木町（現五所川原市）の斜陽館（太宰治生家）に泊まる。翌日は中世・安東氏の繁栄した十三湊跡といわれる十三湖を見て帰京。

昭和六十二年　一九八七年　六十歳

一月十六日、第九十六回直木賞選考会に出席。三月、第四十回日本推理作家協会賞の選考会に出席。七月十六日、第九十七回直木賞選考会に出席。十月、岩手旅行。二十二日、

石川啄木生家・常光寺、石川啄木記念館などを見る。翌日、原敬記念館、宮沢賢治記念館、羅須地人協会などを見て花巻温泉泊。高村光太郎山荘を見て平泉へ。中尊寺、毛越寺を見て帰京。十二月、家族と還暦を祝う。

昭和六十三年　一九八八年　六十一歳

一月十三日、第九十八回直木賞選考会に出席。二月、長女展子、遠藤正と結婚。四月、山本周五郎賞選考委員に就任。五月二十日、第一回山本賞選考会に出席。七月十三日、第九十九回直木賞選考会に出席。

平成元年　一九八九年　六十二歳

一月十二日、第百回直木賞選考会に出席。三月、「凶刃」連載開始（「小説新潮」三月号～平成三年五月号、断続連載）。四月、篠田病院の療養仲間六十人が東村山市に集まる。五月十八日、第二回山本賞選考会に出席。七月十三日、第百一回直木賞選考会に出席。十月、「月刊Ａｓａｈｉ」主催の朝日新人文学賞選考委員に就任。同月二十四日、小名木川の水上バスを利用して、江東区深川を取材。深川江戸資料館、富岡八幡宮などを訪ねる。十一月、「江戸市井に生きる人々の想いを透徹した筆で描いて、現代の読者の心を摑み、時代小説に新しい境地を拓いた」功績により第三十七回菊池寛賞を受賞。同月、第一回朝日新人文学賞選考会に出席。

平成二年　一九九〇年　六十三歳

一月十六日、第百二回直木賞選考会に出席。同月、『市塵』により、第四十回芸術選奨文部大臣賞を受賞。四月、「わが思い出の山形」連載開始（「やまがた散歩」四月号～平成四年十月号）。五月十七日、第三回山本賞選考

会に出席。七月十六日、第百三回直木賞選考会に出席。九月、第二回朝日新人文学賞選考会に出席。十二月、「秘太刀馬の骨」連載開始（「オール讀物」十二月号〜平成四年十月号、断続連載）。

平成三年　一九九一年　六十四歳

一月、「広重『名所江戸百景』より」連載開始（「別冊文藝春秋」一九四号〜二二四号）。一月十六日、第百四回直木賞選考会に出席。五月十六日、第四回山本賞選考会に出席。山本賞はこの回で任期を満了、選考委員を辞任する。七月十五日、第百五回直木賞選考会に出席。八月、第三回朝日新人文学賞選考会に出席。

平成四年　一九九二年　六十五歳

一月十六日、第百六回直木賞選考会に出席。六月、文藝春秋より『藤沢周平全集』全二十三巻の刊行始まる。月報に自伝的エッセイ「半生の記」を連載。七月十五日、第百七回直木賞選考会に出席。八月、第四回朝日新人文学賞選考会に出席。この回をもって朝日新人文学賞選考委員を辞任。九月、次姉このゑ死去、七十五歳。帰郷して葬儀に出席する。

平成五年　一九九三年　六十六歳

一月、「漆の実のみのる国」連載開始（「文藝春秋」一月号より）。同月十三日、第百八回直木賞選考会に出席。五月、松本清張賞選考委員に就任。七月十五日、第百九回直木賞選考会に出席。十月十六日、鶴岡市へ帰郷。十七日、墓参りののち、「漆の実のみのる国」取材のため米沢市へ。十八日、白子神社、春日神社、「籍田《せきでん》の碑」、漆の木などを見て白布《しらぶ》高湯温泉泊。十一月、初孫浩平誕生。

平成六年　一九九四年　　六十七歳

一月、九三年度朝日賞を受賞。受賞理由は「『藤沢周平全集』をはじめとする時代小説の完成」。同月十三日、第百十回直木賞選考会に出席。同月二十六日、朝日賞授賞式に出席。同日銀婚式を祝う。二月二十五日、第十回東京都文化賞を受賞。四月、『藤沢周平全集』二十三巻（文藝春秋）完結。五月十六日、第一回松本清張賞選考会に出席。六月三日、東京宝塚劇場で宝塚星組公演「若き日の唄は忘れじ」を妻和子と観劇（原作『蟬しぐれ』）。七月十三日、第百十一回直木賞選考会に出席。十月三日、墓参りのため妻和子、長女展子一家と鶴岡市へ帰郷。同月、鶴岡市からの名誉市民推挙を辞退（鶴岡市長宛に手紙を書く）。

平成七年　一九九五年　　六十八歳

一月十二日、第百十二回直木賞選考会に出席。直木賞選考会出席はこれが最後となる。五月十八日、第二回松本清張賞選考会を体調不良のため欠席。この回で任期を終え、選考委員を辞任。七月十八日、第百十三回直木賞選考会欠席。十一月七日、紫綬褒章受章。如水会館の授章式に出席。

平成八年　一九九六年　　六十九歳

一月、ほぼ一年ぶりに短篇小説「偉丈夫」（「小説新潮」一月号）を発表。これが最後の短篇となる。同月十一日、第百十四回直木賞選考会を欠席。三月、二十一期十一年つとめた直木賞選考委員を辞任。同月十五日、肺炎のため保谷厚生病院に入院。同月十八日、国立国際医療センター（新宿区戸山）に転院、肝炎の治療につとめる。この間、司馬遼太郎追悼エッセイ「遠くて近い人」、『日暮れ竹河岸』あとがきを執筆。七月二日、退院。自宅へ戻る。連載「漆の実のみのる国」（「文藝春秋」五月号より連載中断）の結末部分六枚を執筆、文藝春秋萬玉邦夫に渡す。教え子が中心となって、鶴岡市湯田川中学校跡に建てられる「藤沢周平先生記念碑」の碑文として、「半生の記」の一節と自作俳句を墨書。九月十五日、鶴岡市にて「藤沢周平先生記念碑」の除幕式が行われるが、体調が整わず欠席。同月二十三日、国立国際医療センターに再入院。十二月二十六日、病室に家族五人が集まって、六十九回目の誕生日を祝う。

平成九年　一九九七年　六十九歳

一月二十六日、午後十時十二分死去。一月二十七日、鶴岡市の菩提寺・洞春院より戒名が届けられる。「藤澤院《とうたくいん》周徳留信居士」。一月二十九日、新宿区南元町の千日谷会堂にて通夜。一月三十日、同所にて葬儀・告別式。弔辞は丸谷才一、井上ひさし、富塚陽一（鶴岡市長）、蒲生芳郎（山形師範同窓生）、萬年慶一（湯田川中学校教え子）。三月八日、山形県県民栄誉賞を受賞。三月九日、都営八王子霊園に納骨。五月十一日、鶴岡市より「顕彰の記」が贈られる。『漆の実のみのる国』上・下（五月、文藝春秋）

平成十年　一九九八年

『静かな木』（一月、新潮社）『ふるさとへ廻る六部は』（一月、新潮社）『早春　その他』（一月、文藝春秋）

平成十一年　一九九九年

『藤沢周平句集』（三月、文藝春秋）

平成十三年　二〇〇一年
三月～　鶴岡市に「藤沢周平　その作品とゆかりの地」案内板十八基設置。

平成十四年　二〇〇二年
十一月、映画「たそがれ清兵衛」公開。『藤沢周平全集』第二十四巻（五月、文藝春秋）『藤沢周平全集』第二十五巻（六月、文藝春秋）『藤沢周平全集』別巻（八月、文藝春秋）

平成十六年　二〇〇四年
十月、映画「隠し剣鬼の爪」公開。

平成十七年　二〇〇五年
九月、世田谷文学館 藤沢周平の世界展 開催（九月十七日～十月三十日）。十月、映画「蟬しぐれ」公開。

平成十八年　二〇〇六年
一月、デビュー前に執筆していた短篇が多数発見される。九月、仙台文学館　藤沢周平の世界展 開催（九月十六日～十一月五日）。十二月、映画「武士の一分」公開。「発掘！藤沢周平〝幻の短編〟（「上意討」他）」（「オール讀物」四月号～八月号）。『藤沢周平　未刊行初期短篇』（十一月、文藝春秋）遠藤展子『藤沢周平　父の周辺』（九月、文藝春秋）

平成十九年　二〇〇七年
『海坂藩大全』上・下（一月、文藝春秋）遠藤展子『父・藤沢周平との暮し』（一月、新潮社）

平成二十年　二〇〇八年
五月、映画「山桜」公開。「浮世絵師」（「オール讀物」四月号）『帰省　未刊行エッセイ

集』（七月、文藝春秋）

平成二十二年　二〇一〇年
三月、映画「花のあと」公開。四月二十九日、鶴岡市立藤沢周平記念館開館。七月、映画「必死剣鳥刺し」公開。「藤沢周平　その作品とゆかりの地」案内板七基増設。

平成二十三年　二〇一一年
七月、映画「小川の辺」公開（山形県では六月より先行公開）。

平成二十四年　二〇一二年
『藤沢周平全集』第二十六巻（一月、文藝春秋）『甘味辛味　業界紙時代の藤沢周平』（十二月、文春文庫）

平成二十七年　二〇一五年
未発表作品の草稿が多数発見される。「藤沢周平　知られざる修業時代（幻の未発表草稿初公開）」（「オール讀物」四月号）

平成二十八年　二〇一六年
『愛蔵版　蟬しぐれ』（十二月、文藝春秋）『江戸おんな絵姿十二景』（十二月、文藝春秋）

平成二十九年　二〇一七年
一月二十六日、藤沢周平没後二十年。十二月二十六日、藤沢周平生誕九十年。『愛蔵版　橋ものがたり』（八月、実業之日本社）遠藤展子『藤沢周平　遺された手帳』（十一月、文藝春秋）

※『藤沢周平全集』所収の「藤沢周平年譜」に基づき、修整・追加を行いました。

解説——長門守一件の衝撃

湯川　豊

この短篇集は、藤沢周平の初期から中期に移ろうとする時期の多彩な作品群が収められている。「夢ぞ見し」は武家もの時代小説、「春の雪」「夕べの光」「遠い少女」は市井もの、そして「長門守の陰謀」は史実をもとにした歴史小説で、ジャンルは多彩であるうえに、いずれもが読みごたえ十分の佳品である。

ただし、以下に書こうとする「解説」と称する文章では、主として「長門守の陰謀」について論じてみたい。作家の郷里（山形県鶴岡市）である荘内藩（荘内は庄内とも書く。藤沢周平は一貫して荘内と記しているので、ここではそれに従った）の初期に生じたこの一件は、一藩の命運を左右しかねない大事件であった。そして荘内藩をモデルにした「海坂藩」ものと呼ばれる時代小説にもこの長門守一件が反映しているのを私たちは見るのである。そのことについても、後に少し詳しく語ることになるだろう。

藤沢作品「長門守の陰謀」は、不思議な場面から話が始まる。

深夜、千賀主水《ちがもんど》が高力喜兵衛《こうりき》の自邸を訪れて、衝撃的な報告をする。長門守忠重《ながとのかみただしげ》が、藩主忠勝《ただかつ》の世子摂津守忠当《せっつのかみただまさ》を廃して、後嗣《こうし》に自分の子である九八郎忠広《くはちろうただひろ》を据えようと画策している、というのだ。九八郎に忠勝の娘於満《おまん》の方を娶《めと》らせ、次の藩主にする。そういう人事的政略を、忠勝にも吹きこんでいる。

長門守忠重は、酒井家三代の藩主忠勝の二番目の弟で、二人は「性格が似ている」ためか、忠勝はこの弟を寵愛している、という背景がある。長門守忠重は荘内領の一画ともいうべき白岩八千石を領しているが、そこで暴虐の施政を行なうだけでは飽き足らず、荘内本藩にさかんに介入してきて口をはさむ。藩主忠勝は長門守を偏愛しているため、良心派ともいえる家老高力喜兵衛ならびにその一派を遠離けていて、喜兵衛はすでに三月ほど登城していない。千賀は高千石をいただく、高力派の重臣である。

以上のように、郷土史では「長門守一件」と称《よ》ばれている状況を述べただけでも、この一件の奇怪さが認識できる。徳川期初期によくあったお家騒動の一種ともいえるのだが、弟が藩主たる兄の地位を策をめぐらして奪い取ろうとし、兄は弟を寵愛しているゆえに、それを許そうとしている。後世ではきわめて理解しにくいこの一件は、一言でいえば奇怪という以外にない。

しかし「長門守一件」は、正保四年（一六四七年）十月に忠勝が死去（病死）したことでかろうじて大事に至らずにすんだ。兄の死によって拠所を失なった長門守はなす術《すべ》なく、その野望も崩れ去る。忠勝の後は世子忠当が無事に四代藩主を継いだ。その忠当の岳父に当る幕府老中の松平伊豆守が述懐したように、「旗本中の取沙汰《とりざた》にも、能《よ》き時分宮内《くない》殿（忠勝）死去にて候。いま一年も半年も存命ならば酒井の家破滅《はめつ》たるべしと申候」というのが当っているだろう。徳川時代初期、ことさらに幕府は藩取りつぶしの機会を狙っている気配があり、荘内藩のように譜代大名でも例外ではなかった。その理由づけになりそうな長門守の策謀は、荘内藩の存亡にかかわる重大事件だったのである。

藤沢周平が「長門守の陰謀」を「歴史読本」に発表したのは、一九七六年（昭和五十一年）の十二月号である。じつはこの段階で、長門守一件は郷土史などでも未だ史料が整っておらず、研究が進んではいなかった。

たとえば『鶴岡市史』（上中下三巻、一九六二年〜七五年）の編纂にあたった斎藤正一氏は、「長門守一件と末松一件」という論文（一九八二年発表）で、市史執筆時の史料および研究の不足で、市史の記述が不充分に終ったことを率直に認めている。そして同論文で、長門守一件を改めて詳説している。さらには、そこで藤沢作品「長門守の陰謀」も、史料不足によって欠けるところがあったと指摘してもいる。ここはその指摘の当否をあれこれいう場所ではないが、小説がそれゆえに劣ってしまったかというと、私にはそうは思われないとだけいっておきたい。

たしかに、作家の誤認かと思われるところもあることはある。たとえば、長門守がその暴政をとがめられて、白岩領を幕府に召し上げられてしまう時期などがそれに当たろうか。しかし、作家が展開したテーマは、長門守の愚かとしかいいようのない野望と、それを排さなかった忠勝の、兄弟あい結んでの奇怪さ、そして奇怪さの果ての長門守の孤独な死を描くことであった。一件の細々した詳細はむしろ省略されて、描こうとしたテーマは明確に浮かびあがってくるというのが、この短篇の見所なのである。

ところで、現在、長門守一件の基本資料として重要なのは、「飽海郡誌《あくみぐんし》」「大泉紀年《たいせんきねん》」「雞肋篇《けいろくへん》」の三点といわれている。

とりわけ「雞肋篇」は関連文書を多数収録していることで、最重要とされる（藩士加藤多大夫正従編、天保年間)。一九六一年(昭和三十六年)に活字本が出版されているが、それを藤沢周平が見ているかどうかが気になるところであった。

御遺族の遠藤崇寿・展子夫妻にしらべていただくと、藤沢周平所持の蔵書に活字本「雞肋篇」があり、作家はこれに目を通して多くの赤線を引いている。私はそれを目にして十分に納得するところがあった。

たとえば、忠勝が高力喜兵衛等に激怒した、そのもとには毛利長兵衛という藩士の讒訴《ざんそ》があるのだが、藤沢作品ではこの讒者の名が挙げられている。これは、「雞肋篇」の毛利長兵衛書付を藤沢周平が読んでいるからに他ならない。

しかし、作家は「長門守の陰謀」において、そうした讒言の詳細については、省略している。私はなぜなのかとさまざまに考えたあげく、これは小説のテーマを貫こうとする藤沢周平の姿勢なのではないかと気づいた。

長門守忠重、および藩主忠勝の仕置によって、多数の幹部をふくむ藩士たちが追放され、切腹を命じられた。藩士の動揺はただならぬものがあった。そこは簡潔かつ正確に描かれている。そのうえで忠勝の病死と、忠重の野望の挫折がくる。すなわちこの小説の根底には、二人の為政者の命運を凝視しつづけている、作家の冷静きわまりない視線がある。

それが存分に発揮されているのは、四章の記述であろう。すなわち寛文六年（一六六六年）下総国《しもうさのくに》市川村に隠退していた、六十九歳の長門守忠重の最後を描く場面である。

雷鳴がとどろき渡る、秋の嵐の夜、武士とおぼしき二人の男が、忠重のほか誰もいない家に忍び入り、孤独で「醜い寝顔」をして眠っている老人の枕を蹴る。「何者だ！」と叫んで半身を起こした長門守を肩先から斬り下げた。

侵入した二人の男は北国の訛《なまり》で短い会話を交わして、立ち去る。幕府の小姓という身分を改易された長門守を、荘内藩が刺客を放って殺害したことを暗示している場面《シーン》である。

史料には、市川村に隠棲した長門守が、九月二十四日、夜盗に襲われて横死した、とあるのみ（「大泉紀年」など）。それを、荘内藩士らしき者が殺害した、と暗示的にせよ描いたのは、藤沢周平の独創的な想像力に違いない。これによって、自らの野望に酔っているような為政者の果てが語られるのである。なお、前に紹介した斎藤正一氏は、論文「長門守一件と末松一件」で、長々と藤沢作品の最後の場面を引用し、「まことに真に迫っている」と評価している。

藤沢周平はこの長門守（および兄の忠勝）がらみの事件に強い興味をいだいたよう

だ。その関心は「長門守の陰謀」という短篇を生んだだけではない。最初にちょっと触れたように、「海坂藩」ものと呼ばれる時代小説に、この荘内藩初期の事件が少しずつ姿を変えながらではあるが、ストーリーの核心として描かれることになるのである。そのことをここで語っておきたい。

一つは藤沢の代表的長篇ともいうべき『三屋清左衛門残日録』である。

ここでは藩主の弟である石見守なる人物の野望が描かれる。石見守は三千石の禄をもらう徳川家旗本になっているが、器量は現藩主の兄よりも上と評価され、また自らも藩政を行ないたいという野心があった。現在の嗣子剛之助が病弱であるという理由から、自分の次男である友次郎信成を藩主の養子にしたいという策略がある。

筆頭家老の朝田弓之助はいったんこの思惑に乗るかに見せかけたが、嗣子剛之助を毒殺しようとする石見守の狂気にも似た偏執に困惑し、窮地に立つ。解決のため逆に手下を使って石見守を毒殺、それを現藩主の側近にあばかれて、政権を失い、没落する。

『三屋清左衛門残日録』の根底にある、この奇怪な政権争いには、藩主兄弟の確執と姿を変えてはいるが、長門守一件が反映しているのは明らかだろう。

もう一篇、シリーズ「用心棒日月抄」の第三作『刺客』がある。

現藩主の伯父に当る寿庵《じゆあん》志摩守保方《やすかた》は、旧藩主壱岐守の異母兄。隠遁を宣言して城下南西に五千石の土地をもらっているが、五十六歳になった現在でも自ら藩主になる望みを捨てていない。甥である藩主の鷹狩りの帰途、自邸に招待して毒殺しようと試みる。間宮中老が寿庵保方に食い下ってこの陰謀を暴露し、主人公青江又八郎が上意によって保方を斬殺するという結着になる。

このように藤沢作品に現われる藩主の兄弟がらみの陰謀は、それだけ取り出してみるとあまりに物語めいて見えるが、野望にとりつかれた陰謀の主たちの一種の狂気は、十分な迫真性をもって読者に迫ってくる。藤沢周平の想像力の内側に、長門守一件という、世にもめずらしい為政者が存在した史実が強く働いているためかと思われるのである。その荘内藩初期の史実を、十分な抑制をほどこしながらも強く描き切ったのが、「長門守の陰謀」であった。

この文庫本に収められた他の四篇は、いずれも心打つ佳品ではあるけれど、格別に解説を必要とするものではない、と私は思っている。従って、解説というより私の個人的な感想をできるだけ簡潔に語っておくことにしたい。

「夢ぞ見し」の舞台は、海坂藩よりもさらに小さい、「四万石にちょっと毛がはえた程度の小藩」である。おそらくは東北の一画に位置するのであろう。

禄高わずか二十五石、御槍組につとめる小寺甚兵衛と昌江夫妻のおかしな夫婦関係はわざと大げさに語られているとわかっても、けっこうおかしい。そこへ溝江啓四郎という若者が飛び込んできて、小さな家に騒ぎが起こる。妻が夢らしきものを見るとしても、それはちょっとした刺身のツマで、この短篇をおもしろくしているのは、甚兵衛昌江夫妻のあいだにかもし出される、二人の人柄がつくりだすユーモアだろう。

それを楽しめば十分。ただ一点、留意してほしいことがある。啓四郎が数名の武士と共に馬で城下を去る場面があるが、これは「長門守の陰謀」のなかで、世子忠当が荘内から江戸へ向けて馬で旅立つ場面と、響きあうように似ていることだ。「夢ぞ見し」の小藩の争いにも、長門守一件の史実が影を落としているのが興味深い。

市井小説である三篇「春の雪」「夕べの光」「遠い少女」は、いっさい過剰なものがなく、淡々と女性の生きる姿が描かれているが、作品の味わいは深い。

藤沢周平はあるエッセイのなかで、「市井小説、人情小説というものを、私はそういう普遍的な人間性をテーマにした小説と考えている」と書いている（『ふるさとへ廻る六部は』所収「市井の人びと(二)」）。

人間のなかに長所と短所が切り離しがたく共存しているように、仕合わせと不仕合わせもまた、避けようもなく共存している、ということなのだろう。そのありようは、江戸時代でも現代でも変わりがない。

だとすれば、作家がいうように、「現代の人間によって書かれ、読まれるためには、時代小説もまた現代ただいまの中で呼吸するしかない」のだろう。

藤沢周平の市井ものは、ひとしなみに、けっして甘くはない。甘くはないけれど、ふつうの人間の真実に触れる思いがする。この三篇は、まさにそういう思いを長く心に残してくれるような作品に他ならない。

（文芸評論家）

一九七八年一月　立風書房
一九八三年九月　文春文庫
二〇〇九年七月　文春文庫（新装版）

本書の作品のなかには、今日の観点からすると差別表現にあたるものが使用されております。しかし、著者の意図は決して差別を助長するものではないこと、作品が時代的な背景を踏まえていること、著者がすでに故人となっていることに鑑み、表現の削除や変更は行わず、底本どおりの表記としました。読者のみなさまにご理解を求める次第です。〈編集部〉

|著者|藤沢周平　1927年、山形県鶴岡市生まれ。山形師範学校卒。'73年『暗殺の年輪』で直木賞、'86年『白き瓶』で吉川英治文学賞、'90年『市塵』で芸術選奨文部大臣賞を受賞。'95年、紫綬褒章受章。'97年、69歳で死去。ほかに、『蟬しぐれ』『三屋清左衛門残日録』『一茶』『橋ものがたり』『漆の実のみのる国』「用心棒日月抄」「獄医立花登手控え」シリーズなど著書多数。

長門守《ながとのかみ》の陰謀《いんぼう》

藤沢周平《ふじさわしゅうへい》

講談社文庫

定価はカバーに
表示してあります

2019年2月15日第1刷発行

発行者――渡瀬昌彦
発行所――株式会社　講談社
東京都文京区音羽2-12-21　〒112-8001
電話　出版（03）5395-3510
　　　販売（03）5395-5817
　　　業務（03）5395-3615

Printed in Japan

デザイン―菊地信義
本文データ制作―講談社デジタル製作
印刷―――豊国印刷株式会社
製本―――株式会社国宝社

ISBN978-4-06-514697-2

講談社文庫刊行の辞

二十一世紀の到来を目睫に望みながら、われわれはいま、人類史上かつて例を見ない巨大な転換期をむかえようとしている。

世界も、日本も、激動の予兆に対する期待とおののきを内に蔵して、未知の時代に歩み入ろうとしている。このときにあたり、創業の人野間清治の「ナショナル・エデュケイター」への志を現代に甦らせようと意図して、われわれはここに古今の文芸作品はいうまでもなく、ひろく人文・社会・自然の諸科学から東西の名著を網羅する、新しい綜合文庫の発刊を決意した。

激動の転換期はまた断絶の時代である。われわれは戦後二十五年間の出版文化のありかたへの深い反省をこめて、この断絶の時代にあえて人間的な持続を求めようとする。いたずらに浮薄な商業主義のあだ花を追い求めることなく、長期にわたって良書に生命をあたえようとつとめるところにしか、今後の出版文化の真の繁栄はあり得ないと信じるからである。

同時にわれわれはこの綜合文庫の刊行を通じて、人文・社会・自然の諸科学が、結局人間の学にほかならないことを立証しようと願っている。かつて知識とは、「汝自身を知る」ことにつきていた。現代社会の瑣末な情報の氾濫のなかから、力強い知識の源泉を掘り起し、技術文明のただなかに、生きた人間の姿を復活させること。それこそわれわれの切なる希求である。

われわれは権威に盲従せず、俗流に媚びることなく、渾然一体となって日本の「草の根」をかたちづくる若く新しい世代の人々に、心をこめてこの新しい綜合文庫をおくり届けたい。それは知識の泉であるとともに感受性のふるさとであり、もっとも有機的に組織され、社会に開かれた万人のための大学をめざしている。大方の支援と協力を衷心より切望してやまない。

一九七一年七月

野間省一

庄野潤三
明夫と良二

解説=上坪裕介　年譜=助川徳是

何気ない一瞬に焼き付けられた、はかなく移ろいゆく幸福なひととき。人生の喜びとあわれを透徹したまなざしでとらえた、名作『絵合せ』と対をなす家族小説の傑作。

しA14
978-4-06-514722-1

水原秋櫻子
高濱虚子
並に周囲の作者達

解説=秋尾　敏　年譜=編集部

虚子を敬慕しながら、志の違いから「ホトトギス」を去り、独自の道を歩む決意をした秋櫻子の魂の遍歴。俳句に魅せられた若者達を生き生きと描く、自伝の名著。

みN1
978-4-06-514324-7

東野圭吾　麒麟の翼
東野圭吾　パラドックス13
東野圭吾　祈りの幕が下りる時
東野圭吾作家生活25周年祭り実行委員会　東野圭吾公式ガイド〈読者1万人が選んだ東野作品人気ランキング発表〉
姫野カオルコ　ああ、懐かしの少女漫画
姫野カオルコ　ああ、禁煙vs.喫煙
平野啓一郎　高瀬川
平野啓一郎　ドーン
平野啓一郎　空白を満たしなさい(上)(下)
平山譲　片翼チャンピオン
百田尚樹　永遠の0《ゼロ》
百田尚樹　輝く夜
百田尚樹　風の中のマリア
百田尚樹　影法師
百田尚樹　ボックス！(上)(下)
百田尚樹　海賊とよばれた男(上)(下)
ヒキタクニオ　東京ボイス
ヒキタクニオ　カワイイ地獄
平田オリザ　十六歳のオリザの冒険をしるす本

平田オリザ　幕が上がる
ビッグイシュー　枝元なほみ　世界一あたたかい人生相談
久生十蘭　久生十蘭「従軍日記」
東直子　さようなら窓
東直子　らいほうさんの場所
東直子　トマト・ケチャップ・ス
平敷安常　キャパになれなかったカメラマン(上)(下)〈ベトナム戦争の語り部たち〉
樋口明雄　ミッドナイト・ラン！
樋口明雄　ドッグ・ラン！
平谷美樹　藪の奥〈眠る義経秘宝〉
平谷美樹　〈居留地同心・凌之介秘帳〉小倫敦の幽霊
蛭田亜紗子　人肌ショコラリキュール
樋口卓治　ボクの妻と結婚してください。
樋口卓治　続・ボクの妻と結婚してください。
樋口卓治　もう一度、お父さんと呼んでくれ。
樋口卓治　「ファミリーラブストーリー」
平山夢明　どたんばたん(土壇場譚)〈大江戸怪談〉
平山夢明　〈大江戸怪談どたんばたん(土壇場譚)〉魂《たま》豆《どう》腐《ふ》
東川篤哉　純喫茶「一服堂」の四季

東山彰良　流《りゅう》
樋口直哉　偏差値68の目玉焼き〈星ヶ丘高校料理部〉
藤沢周平　新装版 春秋の檻〈獄医立花登手控え(一)〉
藤沢周平　新装版 風雪の檻〈獄医立花登手控え(二)〉
藤沢周平　新装版 愛憎の檻〈獄医立花登手控え(三)〉
藤沢周平　新装版 人間の檻〈獄医立花登手控え(四)〉
藤沢周平　新装版 闇の歯車
藤沢周平　新装版 市塵(上)(下)
藤沢周平　新装版 決闘の辻
藤沢周平　新装版 雪明かり
藤沢周平　義民が駆ける〈レジェンド歴史時代小説〉
藤沢周平　喜多川歌麿女絵草紙
藤沢周平　闇の梯子
古井由吉　野川
船戸与一　夜《イエ》来《ライ》香《シャン》海峡
船戸与一　新装版 カルナヴァル戦記
藤田宜永　樹下の想い
藤田宜永　艶《つや》めき
藤田宜永　流砂

藤田宜永　子宮の記憶〈ここにあなたがいる〉
藤田宜永　乱調
藤田宜永　壁画修復師
藤田宜永　前夜のものがたり
藤田宜永　戦力外通告
藤田宜永　いつかは恋を
藤田宜永　喜の行列 悲の行列(上)(下)
藤田宜永　老猿
藤田宜永　女系の総督
藤水名子　紅嵐記(上)(中)(下)
藤原伊織　テロリストのパラソル
藤原伊織　ひまわりの祝祭
藤原伊織　雪が降る
藤原伊織　蚊トンボ白鬚の冒険(上)(下)
藤原伊織　遊戯
藤田紘一郎　笑うカイチュウ
藤本ひとみ　新・三銃士　少年編・青年編〈ダルタニャンとミラディ〉
藤本ひとみ　皇妃エリザベート
藤木美奈子　傷つけ合う家族〈ドメスティック・バイオレンスを乗り越えて〉
福井晴敏　Twelve《トゥエルブ》 Y.O.《ワイオー》
福井晴敏　亡国のイージス(上)(下)
福井晴敏　川の深さは
福井晴敏　終戦のローレライ I～IV
福井晴敏　6ステイン
福井晴敏　平成関東大震災〈いつか来るとは知っていたが今日来るとは思わなかった〉
福井晴敏　人類資金1～7
福井晴敏　限定版 人類資金7
福井晴敏作 霜月かよ子画　C－blossom《シーブロッサム》〈case《ケース》729〉
藤原緋沙子　遠花火〈見届け人秋月伊織事件帖〉
藤原緋沙子　春《はる》疾風《はやて》〈見届け人秋月伊織事件帖〉
藤原緋沙子　暖《ぬくめ》鳥《どり》〈見届け人秋月伊織事件帖〉
藤原緋沙子　霧の路《みち》〈見届け人秋月伊織事件帖〉
藤原緋沙子　鳴《なる》子《こ》守《もり》〈見届け人秋月伊織事件帖〉
藤原緋沙子　夏ほたる〈見届け人秋月伊織事件帖〉
藤原緋沙子　笛吹川〈見届け人秋月伊織事件帖〉
藤原緋沙子　青《せい》嵐《らん》〈見届け人秋月伊織事件帖〉
椹野道流　禅定の弓〈鬼籍通覧〉
椹野道流　亡羊の嘆〈鬼籍通覧〉
福田和也　悪女の美食術
深水黎一郎　エコール・ド・パリ殺人事件〈レザルティスト・モウディ〉
深水黎一郎　トスカの接吻〈オペラ・ミステリオーザ〉
深水黎一郎　ジークフリートの剣《つるぎ》
深水黎一郎　言霊《ことだま》たちの反乱
深水黎一郎　世界で一つだけの殺し方
深水黎一郎　ミステリー・アリーナ
深見　真　猟犬〈特殊犯捜査・呉内冴絵〉
深見　真　硝煙の向こう側に彼女〈武装強行犯捜査・塚田志士子〉
藤谷　治　遠い響き
深町秋生　ダウン・バイ・ロー
冬木亮子　書けそうで書けない英単語〈Let's enjoy spelling!〉
古市憲寿　働き方は「自分」で決める
船瀬俊介　〈万病が治る！ 20歳若返る！〉かんたん「1日1食」!!
二上　剛　黒薔薇　刑事課強行犯係 神木恭子
二上　剛　ダーク・リバー〈暴力犯係長 葛城みずき〉
藤野可織　おはなしして子ちゃん
古野まほろ　身元不明《ジェーン・ドゥ》〈特殊殺人対策官　箱崎ひかり〉
藤崎　翔　時間を止めてみたんだが

2018年12月15日現在

鶴岡市立 藤沢周平記念館 のご案内

藤沢周平のふるさと、鶴岡・庄内。
その豊かな自然と歴史ある文化にふれ、作品を深く味わう拠点です。
数多くの作品を執筆した自宅書斎の再現、愛用品や自筆原稿、
創作資料を展示し、藤沢周平の作品世界と生涯を紹介します。

利用案内

所在地	〒997-0035 山形県鶴岡市馬場町4番6号（鶴岡公園内）
TEL/FAX	0235－29－1880/0235－29－2997
入館時間	午前9時～午後4時30分（受付終了時間）
休館日	水曜日（休日の場合は翌日以降の平日） 年末年始（12月29日から翌年の1月3日まで） ※平成25年4月より、休館日を月曜日から水曜日に変更しました。 ※臨時に休館する場合もあります。
入館料	大人320円［250円］高校生・大学生200円［160円］ ※中学生以下無料。［ ］内は20名以上の団体料金。 年間入館券1,000円（1年間有効、本人及び同伴者1名まで）

交通案内

・JR鶴岡駅からバス約10分、「市役所前」下車、徒歩3分
・庄内空港から車で約25分
・山形自動車道鶴岡I.C.から車で約10分

車でお越しの際は鶴岡公園周辺の公設駐車場をご利用ください。（右図「P」無料）

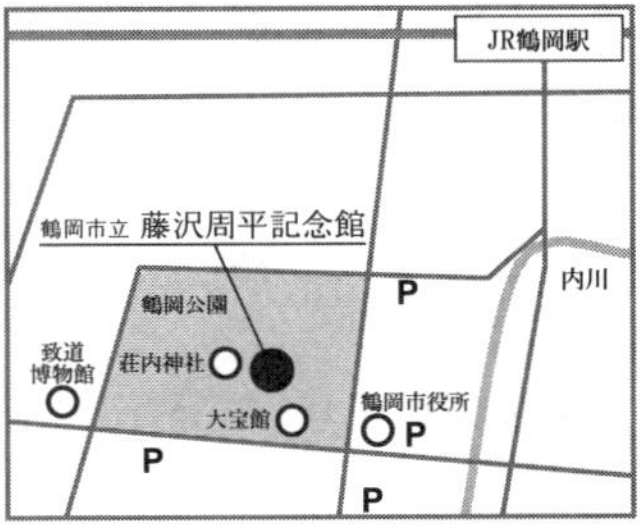

―― 皆様のご来館を心よりお待ちしております ――

鶴岡市立 藤沢周平記念館

http://www.city.tsuruoka.lg.jp/fujisawa_shuhei_memorial_museum/